Fliegende Nacktschnecken isst man nicht!

AF 138803

BoD™

BOOKS on DEMAND

Fliegende Nacktschnecken isst man nicht!

Miroslav Kolar

Bibliografische Information der Deutschen Nationalbibliothek:

Die Deutsche Nationalbibliothek verzeichnet diese Publikation in der Deutschen Nationalbibliografie; detaillierte bibliografische Daten sind im Internet über http://dnb.dnb.de abrufbar.

Kontakt: mk@xmk.de

Illustration: Miroslav Kolar
Lektorat: Sabine Schmitt

Herstellung und Verlag:
BoD – Books on Demand, Norderstedt

ISBN: 978-3-7392-0809-1

Inhaltsverzeichnis

Vorwort

In meinem 2014 erschienenen Erstlingswerk habe ich den Lesern meinen ein wenig schrägen Vater vorgestellt. Nun ist es nicht so, dass mein Vater das einzig Schräge war, mit dem ich in Berührung kam und komme.

Seit mehr als dreißig Jahren verbringe ich jeden Sommer einen Wanderurlaub mit ein paar hochexplosiven Individualisten, mit Jirka, Pavel und Vladja, meinen Freunden von der Kunstschule. Und wie alle richtigen Künstler hat jeder von ihnen mindestens eine ordentliche Macke, wenn auch eine kreative.

Bevor ich Ihnen die Protagonisten detailliert vorstelle, präsentieren sie sich im folgenden Prolog erst einmal selber.

Scurrilum maximum

Gleich werde ich auf dem Campingplatz von Fridek-Mistek meine Freunde treffen, die schon gestern zur ersten Etappe gestartet sind. Ich kann es kaum erwarten, alle wiederzusehen.

Ich marschiere zügig durch ein bürgerliches Wohnviertel, und als ich um die Ecke biege, sehe ich am Ende der Straße den Campingplatz, hinter dessen Zaun Autos, Zelte und ein paar Wohnwagen stehen. Die meisten Urlauber sind schon wach und genießen ihr Frühstück vor dem Zelt.

Seltsamerweise recken alle den Kopf in dieselbe Richtung, tuscheln und sehen ein wenig verblüfft aus. Ich wittere eine Sensation und lege einen Zahn zu.

Als ich den Campingplatz betrete und mein Blick dem der Urlauber folgt, entdecke ich das Campingplatz-eigene Schwimmbad. Darin steht mein lieber Freund Vladja bis zum Bauchnabel im Wasser und trägt eine Krone aus Schaum in den Haaren und verrichtet seine Morgentoilette in einem öffentlichen Schwimmbad – wieso auch nicht?

Ich setze mich unbemerkt ins Gras und warte, was kommt.

Die ersten Sommerfrischler nähern sich dem Pool und erkundigen sich interessiert bei Vladja, was er da tue. Zwei oder drei werden deutlicher und fragen ihn, ob er eigentlich vollkommen bescheuert sei. Die Mehrheit macht von dieser unglaublichen Situation begeistert Schnappschüsse mit dem Handy. Vladja versteht die Aufregung überhaupt nicht und dreht sich einfach von den Gaffern weg.

Ich frage mich, was die beiden anderen wohl treiben, und lasse meinen Blick schweifen. Auf der Wiese jenseits des Schwimmbassins entdecke ich Pavels Schlafsack. Pavel liegt noch drin und schläft. Sehr tief und sehr, sehr laut. Drei kecke Kinder haben sich kichernd um ihn versammelt, ihre Mutter hat ihr Smartphone gezückt und nimmt Pavels Schnarchsolo auf.

Und Jirka? Er hat mich gerade bemerkt und winkt mir freudig zu. In der einen Hand eine Schere, in der anderen eine Zeitung, sitzt er im Pyjama vor seinem Minizelt. Vor ihm liegen Sportschuhe mit löchrigen Sohlen und um ihn herum Zeitungsstücke in Form und Größe seiner Schuhe. Offensichtlich ist er gerade dabei, aus mehreren Schichten Zeitungspapier maßgeschneiderte Einlegesohlen anzufertigen.

Ich überlege schmunzelnd, was ich seit gestern schon alles verpasst habe und was ich noch heute präsentiert bekomme. Lautstarker Kinderjubel unterbricht meine Überlegungen: „Da kommen Pferde!" Und tatsächlich galoppieren mindestens zwei Dutzend Rösser auf den Campingplatz zu. Der tierische Auftritt lenkt die Aufmerksamkeit und die Objektive der Camper von Vladja und Pavel auf die Herde.

Wenige Meter vor dem Zaun des Campingplatzes drehen die Pferde ab und laufen am Geländer entlang. Mit einem Mal macht der Leithengst eine Kehrtwende, trabt wenige Meter zurück und beschnuppert neugierig einen Schlafsack, der dort zum Lüften über dem Zaun hängt. Er riecht offenbar gut, denn das Pferd bleckt sein Gebiss, zerrt den Schafsack mit den Zähnen vom Zaun und macht sich damit davon.

Mit einem Fluch schießt nun Jirka hoch, klettert flink über den Zaun und verfolgt die Herde, denn es ist sein Schlafsack, den der Hengst wie eine Flagge hinter sich herzieht. Nun mische auch ich mich mit gezücktem Handy unter die Touristen und dokumentiere auf einem Video, wie Jirka im gestreiften Pyjama eine Pferdeherde verfolgt, die seinen Schlafsack geklaut hat.

Die Stimmung auf dem Campingplatz ist mittlerweile so ausgelassen, dass sogar Pavel vom Gelächter und den Anfeuerungsrufen wach wird. Freudig begrüße ich ihn und teile ihm mit: „Dein Schnarchen hat alle tief beeindruckt. Und das Handyvideo der Frau da vorne macht dich auf Youtube garantiert unsterblich!"

„Was ist Youtube?", will der verschlafene Pavel wissen, und irgendwie überrascht mich seine Frage überhaupt nicht. Bevor ich sie beantworten kann, kehrt der wutschnaubende Jirka mit seinem Schlafsack zurück, den jetzt ein langer Riss verunziert. Alle Badegäste spenden langen Applaus.

„Also Jungs, was ihr in der letzten halben Stunde abgeliefert habt, war einmalig. Ihr solltet mit einem Hut rumgehen und euch für diese Show bezahlen lassen!", rate ich meinen verständnislosen Freunden.

Jirka baut hastig sein Zelt ab, rollt die Isomatte zusammen, stopft seine Sachen in den Rucksack, polstert die Schuhe vor dem Hineinschlüpfen mit seinen handgefertigten Zeitungseinlegesohlen und zieht mit den Worten von dannen: „Ich habe keine Lust zu warten, bis Pavel endlich in die Pötte kommt. Ich setze mich in die Bahnhofskneipe, bis ihr fertig seid."

Das ist wahrscheinlich keine schlechte Idee. Denn wenn Jirka richtig sauer ist, ist es besser, er geht allein und vermiest uns anderen nicht die Laune.

Vladja hat sich inzwischen abgetrocknet und schnallt das feuchte Handtuch auf seinen Rucksack. Ich helfe Pavel beim Packen, damit wir in endlicher Zeit vom Campingplatz wegkommen.

Eine halbe Stunde später betreten wir die schummrige Bahnhofskneipe und halten nach Jirka Ausschau. Doch alle Plätze sind leer. Wir sehen auf dem Bahnsteig nach und werfen einen Blick in die Wartehalle – Jirka ist nirgends zu sehen. Ich greife zum Handy: „Wo bleibst du, wir sind in der Bahnhofskneipe?!?"

„Ich auch", antwortet Jirka knapp.

„Wie, du auch?!? Müssten wir dich dann nicht sehen?", erwidere ich angesäuert.

„Also, äh, ich bin nicht direkt in der Bahnhofskneipe", lenkt Jirka ein. „Knapp 300 Meter, hinter dem Bahnhof ist noch eine Kneipe, und hier kostet das Bier ganze zwei Heller weniger."

In solchen Momenten frage ich mich ernsthaft: „Warum bin gerade ich so langweilig, so flach, so durchschnittlich – ein echter Spießer!? Würde vielleicht ein Joint helfen, oder sollte ich es lieber gleich mit LSD probieren, um ein vergleichbares Niveau zu erreichen?"

Vladja versteht die Aufregung über seine durchaus
gründliche Morgentoilette nicht.

Vorstellung

Hat es sich gelohnt, die erste Geschichte zu lesen? Dann stelle ich Ihnen nun die Mitglieder unserer Reisegesellschaft formvollendet der Größe nach vor:

Jirka

Obwohl ich selber nur einen Meter siebzig kurz bin, gibt es in unserer Wandergruppe noch einen Kürzeren, das ist Jirka. Jirka ist ein wahrer Lebenskünstler, der schon viele Höhen und durchaus alle Tiefen des Künstlerdaseins durchlebt hat, wie vielleicht folgende Begebenheit gut illustriert:

Jirka fertigte im Auftrag ein großes Gemälde an, kassierte dafür viel Geld, betrank sich aus Freude über seinen neuen Reichtum und wachte morgens auf, ohne einen Heller übrig zu haben. Ob er das Geld verschenkt oder verloren hatte oder ob es ihm geklaut worden war, wussten weder er noch die Polizisten von der Ausnüchterungsstelle.

Jirka ist schlank und durchaus sportlich und kann richtig streitsüchtig und starrköpfig sein. Als einziger von uns war er nie verheiratet und hat (seines Wissens) noch keine Kinder in diese Welt gesetzt.

Mirek

Als Zweitkleinster stehe ich an zweiter Stelle der Vorstellung. Ich liebe skurrilen Humor, bin zuweilen launisch, ein Besserwisser und ein Hedoniker. Ich mag meinen Job als Grafiker und Cartoonist, bin glücklich verheiratet und habe einen kleinen Sohn.

Es gibt eine winzig kleine Schwäche, die an dieser Stelle erwähnenswert ist: Ich mache mich gerne über andere lustig und klebe ihnen mit Vorliebe einen Zettel auf den Rücken, auf dem „Tritt zu!" steht. Aber ich schwöre: Ich bin der erste, der lacht, wenn ich selber aufs Glatteis geführt werde – eine gute Pointe ist es mir immer Wert, auch selbst eiskalt erwischt zu werden.

Da ich gerne lustige Begebenheiten zum Besten gebe, bin ich allzeit auf der Suche nach Nachschub für originelle Geschichten. Dazu belausche und beobachte ich meine Mitmenschen und Freunde unentwegt, und die liefern –nicht immer freiwillig – ständig neuen Stoff für Anekdoten.

Radek

Der Größe nach ist die Reihe jetzt an Radek: Radek ist ein waschechter Bohemien mit entsprechendem Alkoholkonsum und unzähligen Phobien, Anfällen und anderen Malaisen. Er hat nach Abschluss der Kunstschule weiter studiert und ist echter, akademischer Maler geworden. Und ja, von uns allen hat er zum Zeichnen wohl das größte Talent. In Kombination mit ausgiebigem Alkoholkonsum also die besten Voraussetzungen für eine steile Künstlerkarriere, doch unverständlicherweise stellte sich der zu erwartende Durchbruch auf dem Kunstmarkt nicht ein.

Radek war kurze Zeit verheiratet, und manchmal erzählt er etwas von einem Sohn, was er aber schon am nächsten Tag lautstark abstreitet. Seit vielen Jahren lebt er wieder bei seiner senilen Mutter, und wer sich da eigentlich um wen kümmert, ist nicht abschließend geklärt. Radek war in all den Jahren nur drei- oder viermal bei unseren Wanderungen dabei, dennoch waren es so starke Auftritte, dass er einfach dazugehört.

Pavel

Pavel, der Zweitlängste in unserer Gruppe, ist ein unverbesserlicher Romantiker und Optimist und zudem unglaublich phlegmatisch. Ihn verulken wir auf unseren Reisen wohl am häufigsten, denn er schläft am längsten, packt am längsten, isst am längsten, marschiert am langsamsten und braucht eeeewig, bis er einen Witz kapiert.

Nach der Kunstschule hat er sich kurze Zeit als Grafiker versucht. Geträumt hat der praktizierende Mittelalter-Enthusiast aber immer schon von einer Karriere als Henker oder wenigstens als Scheiterhaufenbeauftragter. Da diese Stellen heutzutage aber selten vom Arbeitsamt angeboten werden, wurde Pavel halt Grundschullehrer. Ist doch plausibel genug, oder?

Vladja

Der Größte von uns (in Zentimetern gemessen), ist Vladja. Obwohl – ich hätte mir die Einschränkung durchaus sparen können, denn ich attestiere ihm auch den höchsten IQ in unserer Runde. Für jemanden wie mich, der Vladja intellektuell unterlegen und deshalb insgeheim von Neid zerfressenen ist, ist es enorm amüsant zu beobachten, dass ein hoher IQ im praktischen Leben durchaus manchmal hinderlich sein kann.

Vladja gehört zweifellos in die Rubrik „Überlebenskünstler". Nach erfolgreicher Absolvierung unserer Kunstschule, ging er zur Bahn, um dort zwei Jahre lang als Rangierer zu meditieren. Anschließend kam der Kapitalismus nach Prag, und Vladja wurde erfolgreicher Playboy-Importeur. Danach eröffnete er ein CD-Geschäft, schloss es wieder und begann aus Mangel an neuer Inspiration endlich, als Grafiker zu arbeiten.

Sein Familienleben verläuft ebenfalls nicht in geordneten Bahnen: Er hat geheiratet und sich sofort wieder scheiden lassen. Er hat eine Tochter gezeugt, den Kontakt zu ihr mehrmals verloren und wieder aufgenommen. Er hat ein Haus gebaut, es aus Geldnot wieder verkauft und ist zu seinen Eltern zurückgezogen. Und dazwischen gab es immer wieder Beziehungen und Flirts, die jedoch nie von langer Dauer waren.

Radek ist sauer, weil er verschlafen hat und es deshalb nicht mehr auf die Titelseite geschafft hat.

Fliegende Nacktschnecken isst man nicht!

Wir sind noch zwei, maximal drei Kilometer vom Haus meines Cousins Honza entfernt, und mir wird flau im Magen. War es wirklich eine gute Idee, dort anzurufen und mich mit meinen Wanderfreunden zu Kaffee und Kuchen einzuladen? „Klar, nach spätestens einer Stunde wandern wir weiter", versuche ich, mich selbst zu beruhigen. Aber was, wenn Honza uns aufhält und mit seinem Obstler abfüllt? Was, wenn seine Frau uns überredet, zum Abendessen zu bleiben? Dann könnte es durchaus kritisch werden.

Pavel fällt nach ein bisschen Alkohol gewöhnlich in seine lethargische Phase, knabbert an seinen Fingernägeln und droht alsbald einzuschlafen. Er gibt also keinen Anlass zur Sorge. Auch mich selbst betrachte ich als harmlos. Wenn ich betrunken bin, quatsche ich zwar viel, aber nicht so, dass ich mich vor meiner eigenen Familie allzu sehr dafür schämen müsste. Erst am nächsten Tag folgt die verdiente Krise mit schlimmen Kopfschmerzen. Aber kann ich Honza und seiner Familie den Schock zumuten, wenn Vladja nach dem vierten Schnaps anfängt, nihilistisch zu philosophieren? Und was mache ich, wenn Jirka mit steigendem Alkoholpegel laut oder gar aggressiv werden sollte?

Hätte ich bloß ausnahmsweise einmal den Mund gehalten und nichts von meiner hiesigen Verwandtschaft erzählt. Wir könnten an dem Dorf vorbeilaufen, würden in einer ruhigen Kneipe zu Abend essen und uns anschließend irgendwo am Waldrand zum Übernachten hinlegen. Aber nein, ich musste ja wieder mal unbedingt damit angeben, dass ich sogar hier, gute 500 Kilometer von Prag entfernt, jemanden kenne. „No ja, es wird schon nicht so schlimm werden", flüstere ich mir Mut zu.

Die Dorfbewohner bleiben mit offenem Mund stehen, als sie uns erblicken. So etwas sehen sie hier in den Bergen am Ende der Welt bestimmt nicht oft: Pavel mit langem, ungepflegtem Bart in gestreiften Bermudas, die einer Pyjamahose verdächtig ähneln; Jirka mit einem winzigen, notdürftig geflickten Rucksack und drei prallen Plastiktüten, die den Vergleich mit einem Obdachlosen zwingend nahelegen; und nicht zuletzt ich mit meinem Markenzeichen auf dem Kopf, einer schwarzen Melone. Lediglich Vladja wirkt einigermaßen unauffällig, wenn man von seinen zwei Metern Körpergröße und dem viel zu eleganten, hellgrünen Sakko einmal absieht.

Zum Glück müssen wir nicht durch das ganze Dorf latschen. Das Haus meines Cousins Honza ist gleich das dritte auf der linken Seite der Hauptstraße. Honza sitzt mit seiner Frau Vlasta und der kleinen Enkelin gemütlich im Garten, als wir am Gartenzaun ankommen. Obwohl ich ihm ein freundliches „Servus, Honza!" zurufe, schluckt er bei unserem Anblick erst einmal. Vlasta bleibt gleich ganz die Spucke weg, und die dreijährige Enkelin Katka fängt auf der Stelle zu weinen an. Wir treten ungerührt näher, lehnen unser Gepäck an die Hauswand, und ich stelle erst einmal alle vor.

Danach spiele ich so lange den Clown für die schniefende Katka, bis sie sich wieder beruhigt hat. Währenddessen hat Vlasta vier Flaschen Bier für uns geöffnet. „Hoffentlich gibt es keinen Schnaps dazu, bloß keinen Schnaps!", wünsche ich mir leise – und vergeblich.

„Wie wär's mit einem Stamperl von meinem Zwetschgenwasser? Schöne 53 Prozent hat es!", versucht mein Cousin auf fatale Weise, das Eis zu brechen. „Oh nein, danke!", antworte ich hastig. „Wir packen's gleich wieder und marschieren weiter."

„Also, falls es ein Selbstgebrannter ist, würde ich ihn gerne testen", zeigt sich Jirka opferbereit.

Mein vielleicht noch guter Ruf wird gleich dahin sein, ahne ich.

„No super!", freut sich Honza und verschwindet im Haus.

„Jungs, wir trinken einen, aber nur einen einzigen und dann gehen wir, o.k.?!?", beschwöre ich meine Freunde.

„Geht klar, das slowakische Bier schmeckt eh nicht besonders", beruhigt mich Pavel.

Natürlich bleibt es nicht bei einem Stamperl, doch nach einer (für mich) sehr langen Stunde schaffe ich es tatsächlich, meine drei Freunde zum Aufbruch zu bewegen. Und gerade, als ich mich freue, dass es zu keinem Fauxpas gekommen ist, erscheint Dascha auf der Bühne beziehungsweise am Gartentor. Dascha ist die alleinerziehende Mutter von Katka. 28 Jahre jung und bildhübsch. „Oh Sch…!", denke ich bei flüchtiger Betrachtung meiner lüsternen Freunde.

„Hallo schöne Frau", meldet sich als Erster der leicht angetrunkene Jirka aus dem Sandkasten, in dem er inzwischen fröhlich Sandkrieg mit Katka spielt. „Kommen Sie näher! Der feminine Anteil muss unbedingt erhöht werden."

Dascha hebt schnell ihre Tochter aus dem Sandkasten und macht drei Schritte zurück. In Unterschied zu ihrer attraktiven Mama hat Katka keine Angst mehr vor uns und vermeldet energisch, dass sie wieder zu Jirka in den Sandkasten will. „Lass die Kinder doch, wenn sie so schön zusammen spielen!", meint Honza lächelnd und ahnungslos. Er ist ja so naiv! Zu meinem Entsetzen hat sogar der phlegmatische Pavel angefangen, mit Dascha zu flirten. Unglaublich! Dieser geile Gockel!! Und was macht der ruhige Vladja? Er sitzt hinter mir und lacht sich halbtot über Jirkas und Pavels Gebalze. Ich gebe auf. Es geschehe, was geschehen soll: „Wo bleibt mein Stamperl?"

Eine weitere Stunde später lassen wir uns Vlastas berühmten Schmorbraten schmecken. Der warme Sommerabend lädt dazu ein, nach dem Essen auf der Terrasse sitzen zu bleiben und systematisch Honzas hochprozentigen Kellerinhalt zu dezimieren.

Jirka gleitet erwartungsgemäß in seine Portrait-Phase ab und bittet um Papier und Bleistift, um Dascha zu zeichnen. Er rückt sie in den matten Kegel der schwachen, an einem Ast baumelnden Glühbirne und beginnt zu skizzieren. Vlasta und Honza starren Jirka gebannt über die Schulter, und wir üben als wahre Freunde konstruktive Kritik.

„Jirka, die beiden Augen sollen eigentlich auf gleicher Höhe sitzen", erinnert Vladja ihn.

„Lustig, so in Bleistift sieht Dascha gar nicht so weiblich aus, haha", merke ich an.

„Ach so, ich dachte, er portraitiert den Honza?!?", wird auch Pavel unerwartet witzig.

„Ihr habt ja alle keine Ahnung, ich bin doch noch gar nicht fertig!", ärgert sich Jirka lautstark.

In diesem Moment unterbricht von irgendwo hinten im Garten das Gebell von Honzas Hund jäh unsere gemütliche Kunstsession. Honza schießt hoch und vermeldet mit ernster Miene: „Wir haben einen unangemeldeten Gast."

„Einen Dieb?!?", wollen wir wissen.

„Nein, eine lange braune Schlange, die den Küken nachstellt!"

„Eine große?!?", werde ich neugierig.

„Bestimmt drei Meter lang und so dick wie mein Handgelenk", schildert Honza dramatisch und sucht nach einer Taschenlampe. Nachdem Vlasta ihm eine zugesteckt hat, laufen wir dem Hundegebell nach. Wir sind alle richtig betrunken. Als ausgewiesener Schlangenkenner versuche ich dennoch, die gerade erhaltenen Schlangenmaße mit der in meinem Gedächtnis gespeicherten slowakischen Schlangenfauna abzugleichen – ergebnislos!

In der hintersten Ecke von Honzas Garten steht der Hund auf seinen Hinterläufen. Mit den Vorderpfoten an einem Baum gelehnt, kläfft er wütend die Baumkrone an. Honza zielt mit seiner Taschenlampe in die gleiche Richtung, und mein betrunkenes Herz fängt an, schneller zu schlagen: Um den Baumstamm wickelt sich eine olivgrüne Baumnatter und versucht, sich vor dem Hund in Sicherheit zu bringen.

„No warte! Ich hole die Axt und mache dich fertig!", droht Honza und stolpert davon, bis ihn Vlasta bremst: „In deinem desolaten Zustand nimmst du mir keine Axt in die Hand, gell?!?"

„Spinnt ihr?!? Solch seltene Schönheit zu killen? Und außerdem stehen die unter Artenschutz!", belehre ich die Gruppe. „Lasst mich ran, und leuchtet mir richtig, damit sie mich nicht beißt!"

Vlasta hält die Taschenlampe, und die anderen machen amateurhafte Vorschläge, die ich beharrlich ignoriere. Stattdessen beginne ich, mit der drei Meter langen, lebensgefährlichen Schlange wild zu kämpfen, um ihr das Leben zu retten. Die Natter versteht meine Absichten leider ganz falsch. Oder sie kann einfach meine Fahne nicht ertragen. Auf jeden Fall beißt sie schnell und oft um sich. Innerhalb von nur 30 Sekunden erwischt sie meine Nase, mein Handgelenk, und auch mein linker Daumen blutet. Irgendwann verliere ich in dem Duell das Gleichgewicht und falle rückwärts zu Boden. Um meinen Sturz abzufangen, muss ich die Schlange loslassen. Dabei fliegt sie über den Zaun und verschwindet im hohen Gras.

Der Hund ist anschließend der einzige, der sich noch für die Schlange und nicht für mich interessiert. Die anderen helfen mir auf die Beine und fragen sinnigerweise, ob ich noch lebe. Honza opfert seinen Schnaps für die Reinigung meiner Wunden, und niemand versteht meinen überglücklichen Gesichtsausdruck: Endlich, nach vielen Jahren durfte ich diese wunderschöne Schlange in meinen Händen halten, ihr das Leben retten und wurde dafür sogar mit ein paar leicht schmerzhaften Bissen belohnt.

Für unsere Nachtgesellschaft bin ich der Held der Stunde, und das tut gut. Niemand interessiert sich ernsthaft dafür, dass die Schlange gerade mal 130 cm lang und maximal 2 Zentimeter dick war. Aber vielleicht waren es ja doch drei Meter, ich war schließlich nicht gerade nüchtern, als ich in der Finsternis mit ihr rang.

Wir kehren auf die Terrasse zurück. Vlasta verbindet meine Wunden, und Jirka ist sauer, dass ich ihm mit der Schlangennummer seine Portrait-Einlage ruiniert habe. Er nimmt die halbfertige Zeichnung, knüllt sie zu einer Kugel zusammen und schleudert sie weit hinter sich. „Ich will nicht mehr zeichnen!", brüllt er und trinkt. Dascha schaut verwundert zu, steht auf und verschwindet in der Dunkelheit, um das unvollendete Kunstwerk zu holen: „Mir hat es gefallen."

Bevor sie sich wieder setzen kann, entringt Jirka ihr das Papier, zerreißt es in kleine Schnipsel und isst sie unter unseren staunenden Blicken auf. Nachdem er das letzte Stück hinuntergeschluckt hat, verspricht er beruhigend: „Ich zeichne dir morgen ein besseres!"

„Jirka, ... und isst du öfter deine eigenen Kunstwerke?", will Vlasta wissen.

„Ich kann alles essen! So kriegt es wenigstens die CIA nicht in die Finger! Die sind sowieso überall. Seht ihr den Nachtfalter über Daschas Kopf?!?" Unsere Blicke wandern zur überraschten Dascha. Über ihrem Kopf attackiert tatsächlich ein großer Nachtfalter unermüdlich die Glühbirne. Jirka springt von seinem Stuhl auf und schnappt mit dem Mund nach dem unschuldigen Falter. Er kaut ein paarmal, schluckt, spült mit etwas Bier nach und stellt treffend fest: „Un jetzt ist er wech!"

Ich bin zwar betrunken, dennoch verspüre ich meiner Verwandtschaft gegenüber eine gewisse Peinlichkeit.

„Jirka komm, wir gehen schlafen!", versucht Vladja die befremdliche Szene zu beenden.

„Nur eins solltest du wissen!", brüllt Jirka mit erhobenem Zeigefinger in Richtung der versteinerten Dascha: „Fliegende Nacktschnecken isst man nicht!" Und dann fällt er in sich zusammen. Wir lösen die Tafelrunde auf und tragen Jirka ins Haus, wo wir heute gezwungenermaßen nächtigen werden.

Honza und Vlasta lassen sich am nächsten Morgen nichts anmerken. Lediglich Dascha musste unerwartet mit ihrer Tochter schon ganz früh in die Kreisstadt fahren, sodass wir uns leider nicht von ihnen verabschieden können.

An dieser Stelle möchte ich mich nachträglich bei Honza und Vlasta dafür bedanken, dass sie unseren Besuch bei der übrigen Verwandtschaft nur beiläufig erwähnt haben und meine Freunde vage als lustige Künstler beschrieben haben.

Fliegende Nacktschnecken isst man nicht!

Frauen wollen immer nur das Eine!

Zu Beginn unserer von allen lange sehnsüchtig erwarteten Wanderwoche teilt uns Vladja mit, dass er unseren gemeinsamen Urlaub eventuell vorzeitig abbrechen muss, weil es in seiner Beziehung gerade kriselt. Wir fühlen mit ihm und legen unsere Route so, dass er bei Bedarf die Zivilisation und somit Bus und Bahn schnell erreichen kann.

Wir starten oberhalb einer spektakulären Schlucht, auf deren steinigen Boden Touristen schon seit vielen Jahren Bilder aus losen Steinen legen. Die meisten haben sich mit ihren Initialen, verschnörkelten Herzen, monströsen Glücksschweinen oder nicht ganz symmetrischen Hufeisen verewigt. Wir stehen auf einem Felskamm am Rand der Schlucht mit anderen Schaulustigen, die die Figuren bestaunen und fotografieren.

Dabei kommt dem wohl spontansten unserer Gruppe eine geniale Idee: „Vladja, deine Freundin ist doch Harfenistin. Lass uns doch gemeinsam eine riesige Harfe mit ihren Initialen aus den Steinen legen, und dann machst du ein Foto davon. Das schickst du ihr per MMS als romantische Liebesbotschaft."

„Hmmm, o.k.", kommentiert Vladja meinen Geistesblitz enthusiastisch.

Wir machen uns sofort an die Arbeit und müssen viel Platz für unser Vorhaben schaffen. Selbst von einem expressiven „Fuck you" bleibt nur noch das „you" übrig. An dieser Stelle möchte ich ausdrücklich für die Zerstörung von zahlreichen kleineren, unbedeutenderen Kunstwerken um Verzeihung bitten.

Nach einer knappen Stunde harter Arbeit bei 35° C im Schatten ist unser Werk vollbracht. Wir werfen einen letzten Kontrollblick darauf, schultern unsere Rucksäcke und ersteigen im Eiltempo das Aussichtsplateau. Beim Blick von oben müssen wir uns bei aller Bescheidenheit eingestehen, dass unser Steinbild das mit Abstand schönste und auch das größte im ganzen Tal ist. Vladja fotografiert das Juwel mit seinem Handy und schickt es an seine Flamme.

„Ob sie es überhaupt zu würdigen weiß? Spätestens beim Anblick unserer erschöpften, verschwitzten Körper müsste sie eigentlich um Vladjas Hand anhalten", denke ich laut. Plaudernd und lachend marschieren wir noch eine Stunde weiter, trinken in einem schattigen Biergarten eine Halbe, spekulieren über die Macht der Symbole und versichern uns gegenseitig unserer Genialität. In der Dämmerung bauen wir schließlich unser Lager auf und fallen nach dem Zähneputzen in einen tiefen, wohlverdienten Schlaf.

Der nächste Tag fängt leider gar nicht gut an. Noch während wir unsere Schlafsäcke zusammenrollen, empfängt Vladja eine unerfreuliche SMS: Seine Freundin beendet die Beziehung via Handy. „Hat sie das Foto von gestern überhaupt erhalten?", will ich natürlich wissen.

„Ja, das ist ihre Antwort darauf", antwortet Vladja traurig.

„So eine Zicke! Die hat dich überhaupt nicht verdient!", rechne ich mit der Undankbaren ab.

Auf den nächsten Kilometern herrscht bedrücktes Schweigen. Dann und wann versucht einer von uns, Vladjas Selbstbewusstsein wiederherzustellen. Abwechselnd machen wir seine Ex nieder, und als das nichts hilft, versuchen wir schließlich, das Thema zu wechseln. Vergebens. Vladja ist noch depressiver als sonst.

Als wir an einem wunderschönen Waldwasserfall ankommen, setzen wir uns ans Bachufer und kühlen unsere Füße im eiskalten Wasser. Wieder landet unser Gespräch bei Vladjas Ex, und wir versuchen, der Ursache für die Trennung auf den Grund zu gehen.

„Hast du sie geschlagen?", steigt Pavel ein wenig plump in die Analyse ein.

„Nie! Es sei denn, sie hat angefangen, dann war es eher Verteidigung. Eigentlich mochte sie es sogar."

„Hast du sie etwa betrogen?", argwöhne ich.

„Nur einmal. Da war ich bei einem Tai-Chi-Retreat, und dort hat es nach langen philosophischen Diskussionen zwischen mir und einer Teilnehmerin eben gefunkt. Aber davon hat Jarka garantiert niemals etwas erfahren."

„Hmmm, hat sie eigentlich deine ziemlich komplizierte Suche nach dem Sinn des Lebens akzeptiert oder gar verstanden?", will Jirka wissen.

„Kann ich nicht sagen. Es hat sie nie gestört, behauptete sie stets."

„Das sagen sie immer. Als ich früher samstags sprechende Bäume im Wald fotografiert habe, hat es meine Ivana auch nicht gestört", kommentiert Pavel beim Loslaufen. „Aber kaum hatte ich dabei zwei oder drei nackte Waldnymphen hinzugezogen, gab´s gleich Zoff."

„Habt ihr eigentlich irgendwelche Gemeinsamkeiten? Etwas, was euch zusammenhält?", interessiert mich.

„Hmmm. Sie jobbt nebenbei in einer Vinothek, und ich mag Wein."

„Das ist doch eine solide Basis! Hast du denn wenigstens Rabatt bekommen?", frage ich, nachdem wir genügend über Vladjas Antwort gelacht haben.

„Und wie steht es mit dem Sex?", spricht Jirka endlich das Thema an, das uns alle natürlich am meisten interessiert.

„No ja, sie war nicht besonders experimentierfreudig, aber ansonsten war´s eigentlich immer befriedigend.“

Enttäuscht, dass wir auf spannende, pikante Details verzichten müssen, fahndet Pavel nach weiterem Konfliktpotenzial: „Frauen mögen nicht, wenn der Mann weniger verdient als sie, und du hast eigentlich nie richtig Geld verdient.“

„So viel verdient sie auch wieder nicht“, widerspricht Vladja. „Aber ich habe gerade noch mal über das Thema Sex nachgedacht. Kann sein, dass es seit einigen Monaten doch ein kleines Problem gibt.“

Unsere Aufmerksamkeit nimmt schlagartig wieder zu. „Willst du damit etwa sagen, dass du ihn nicht mehr hochkriegst?“, lacht Pavel.

„Nööö, damit habe ich keine Probleme. Aber ich bin neulich von einem buddhistischen Seminar nach Hause gekommen und habe voll enthusiastisch vorgeschlagen, ein Jahr lang gemeinsam im Zölibat zu leben.“

Abrupt bleiben wir alle gleichzeitig stehen: „Wie bitte?!?“

„Ich dachte, es wäre eine tolle Erfahrung für uns beide“, bekennt Vladja mit kindlicher Überzeugung.

„Erzähl‘ schon! Wie ging es weiter?“, wollen wir wissen.

„No ja, ich lebe seitdem enthaltsam, und sie hat sich einen Liebhaber zugelegt. Aber das finde ich o.k., sie ist eben noch nicht so weit wie ich."

Wir schütten uns aus vor Lachen, bevor wir dem verdutzten Vladja einstimmig bestätigen: „Ganz klar, sie ist eindeutig noch nicht reif für dich."

Vladjas Freundin ist hellauf begeistert, als er
seinen innovativen Sexplan ausbreitet.

Radek ante portas

August 1999

Unsere Enttäuschung hält sich in Grenzen, als Radek nicht am verabredeten Startpunkt unserer Wanderung auftaucht. Er hat bisher nur an sehr wenigen unserer Touren teilgenommen – und jede davon war von Peinlichkeiten, Missgeschicken und Unannehmlichkeiten überschattet. Ich unterstelle ihm Faulheit und verschwende in den folgenden, unbeschwerten Tagen keinen weiteren Gedanken an ihn. Doch gegen Ende unserer Tour ruft Radek mich auf dem Handy an und lamentiert, wie traurig er ist, dass er nicht dabei sein konnte.

„Du, kein Ding. Wenn du magst, können wir uns Ende November trotzdem sehen", tröste ich ihn.

„Wieso, macht ihr heuer eine zweite Wanderung?"

„Viel besser: Ich heirate in zwei Wochen, und im November feiern wir mit 130 Gästen unsere Hochzeit in einem Hotel ganz in deiner Nähe", verkünde ich vorfreudig. „Die anderen Jungs sind auch eingeladen."

„Oh geil, da komme ich natürlich auch!", freut sich Radek, dem Partys und insbesondere das „Saufen umsonst" sehr liegen. Den Anlass ignoriert er geflissentlich.

18. November 1999, 17:00 Uhr

Als meine Frau und ich am Vortag unserer Hochzeitsfeier im Hotel eintreffen, stoßen wir an der Bar unverhofft auf Radek.

„Was machst du denn hier? Die Party findet doch erst morgen statt", begrüße ich ihn überrascht.

„Bei mir ist eine Grippe im Anmarsch, daher weiß ich nicht, ob ich morgen überhaupt feiern kann."

„Schön, dass du trotzdem da bist. Ich hoffe nur, dass du mich nicht ansteckst. Warte kurz, bis ich eingecheckt habe, dann können wir quatschen."

„Hmm, darf ich mir inzwischen schon was zum Anstoßen bestellen?", ruft Radek mir nach.

„Klar, und für mich bitte ein Glas Rotwein", erwidere ich und eile meiner Ehefrau nach.

17:08 Uhr

Keine zehn Minuten später kehre ich an die Bar zurück. Radek umarmt mich so fest, dass mich seine Fahne beinahe umweht: „Mirek, isch mag disch sehr und isch wollt disch sehn, bevor morge die andere Aschlöscher komme."

„Schön, schön, und wo ist mein Wein?", will ich wissen, um seiner Umarmung zu entkommen.

„Du warst so lang wech, da musst isch es wegtrinka, damit keine Fliegen komme!", erklärt er mit glasigem Blick.

„Und was hast du inzwischen noch getrunken?"

„Nua ein oder swei Bierschen. Du wast su lange wech. Lass uns anstoßen, du biss ein echt guater Freund, weißt du!"

„Radek, kann es sein, dass du das Bier mit was Härterem runtergespült hast?"

„Spinns du?!? Isch bin doch krank, darf kein Alohol!"

Durchs Fenster hinter Radeks Rücken beobachte ich, wie die nächsten Gäste ankommen. „Herr Ober, bitte schenken Sie meinem Freund nichts mehr ein! Ich begrüße nur kurz die Ankommenden und kümmere mich gleich wieder um ihn", weise ich den Kellner an.

„Bischt ein Schbießer!", bellt mir Radek nach.

17:45 Uhr

Der Barkeeper sucht mich in der Lobby auf und bittet diskret: „Können Sie bitte Ihren Freund abholen?! Ich kann ihn unmöglich auf der Theke schlafen lassen."

Ich laufe dem Mann nach. Radek hat sich tatsächlich auf der Theke langgemacht und lässt sich auch nicht ohne weiteres aufwecken. Mit vollem Körpereinsatz

bugsiere ich ihn in ein Hotelzimmer, das glücklicherweise noch frei war. Dort schlummert er nun ange-
zogen unserer Hochzeitsfeier entgegen.

23:20 Uhr

Das Hoteltelefon reißt mich jäh aus dem Schlaf, der
Nachtportier ist dran: „Herr Kolar, entschuldigen Sie
die nächtliche Störung, aber Ihr stark alkoholisierter
und desorientierter Freund läuft fast nackt durch die
Lobby und verlangt lauthals nach Alkohol und nach
etwas zum Essen."

19. November, 9:10 Uhr

Gut ausgeruht und bestens gelaunt betritt Radek den
Frühstücksraum und wünscht allen lautstark einen
guten Morgen. Da ich ihm kein alkoholisches Getränk
anbiete, küsst er meine Frau und verabschiedet sich
leicht enttäuscht, denn er hat ja Grippe und muss ins
Bett.

15:00 Uhr

Ich bin rundum zufrieden mit mir, Radek so geschickt
losgeworden zu sein. Heute droht keine Gefahr mehr
von ihm, hoffe ich ganz fest. Und tatsächlich lässt er
sich nicht mehr blicken. Weder bei unserer zweiten
Trauzeremonie noch bei dem mittelalterlichen Tur-
nier, das Freunde von Pavel für uns und unsere Gäste
auf dem Tanzparkett inszenieren. Es wird ohne Radek
getanzt und getrunken, gegessen und gelacht, und

auch die Hochzeitsnacht wiederhole ich ungestört mit meiner Frau (diese überkommenen Traditionen – wie sehr ich sie verabscheue!).

20. November, 11:00 Uhr

Alle Gäste frühstücken gemütlich zusammen und stoßen mit Prosecco noch einmal auf unser junges Eheglück an. Am Tisch von Pavel und Jirka entdecke ich unter meinen Gästen Radek. Mist, es geht ihm offenbar wieder besser, denn er winkt mir aufgekratzt mit einer Proseccoflasche zu.

„Guten Morgen Radek, ich freue mich, dass du wieder gesund bist, wir haben dich gestern echt vermisst", lüge ich, was das Zeug hält.

„Ich musste ja schon allein deshalb wiederkommen, damit wir die nächste Wanderung planen können!"

„Gut, wir können uns nach dem Frühstück noch zusammensetzen. Inzwischen kannst du mit Pavel und Jirka ja schon mal die grobe Richtung festlegen", versuche ich, mich auf Kosten der anderen zu befreien.

12:30 Uhr

Im Abschiedstrubel der abreisenden Freunde und Verwandten entdecke ich aus den Augenwinkeln Radek im Foyer. Er fläzt in einer Sitzgruppe und erzählt meinen Münchner Freunden und Kollegen wild gestikulierend irgendeine Geschichte. Zunächst denke mir nichts dabei, aber dann fällt mir ein, dass Radek kein Deutsch spricht. Und dass die Münchner so schnell Tschechisch gelernt haben sollen, erscheint mir höchst unwahrscheinlich. Ich schleiche mich unauffällig an, um die Lage zu sondieren, aber Radek entdeckt mich dennoch: „Gut, dass du kommst. Die Blödmänner hier verstehen kein einziges Wort Tschechisch. Erklär ihnen, dass ich mir bei meinen letzten Depressionen die Adern hier und hier durchgeschnitten habe", fordert er mich auf und präsentiert seine noch ziemlich frischen Narben an den Handgelenken.

Ich schaue befremdet auf seine zerschundenen Extremitäten und schweige betreten. „Los! Sag's denen! Und sag auch, dass ich mit Blut male!"

Ich übersetze beides nur ansatzweise und erkläre schnell, dass dies eine neue tschechische Künstlergeneration sei, der ich selbstverständlich nicht angehöre. Die Münchner werfen einen kurzen Blick auf die Narben, schlürfen hastig den letzten Schluck Prosecco und wollen schleunigst auf ihre Zimmer verschwinden, um zu packen.

„So, und jetzt frag sie, wer mich nach Hause fährt!", befiehlt Radek.

„Gar niemand von denen, die fahren am Nachmittag mit uns im Konvoi", widerspreche ich bestimmt. „Aber Pavel nimmt dich garantiert mit, er hat gerade ausgecheckt." Ich begleite Radek zum Hotelausgang und übergebe ihn dem bedauernswerten Pavel.

13:15 Uhr

„Freunde, wir sehen uns spätestens im August bei der Wanderung wieder, macht´s gut bis dahin!", verabschiede ich die beiden und hebe schon die Hand zum Winken, als Radek zu einem in der Einfahrt wartenden Taxi läuft und auf dessen Fahrer einredet. Danach lässt er sich neben Pavel auf den Beifahrersitz fallen, schlägt die Tür zu, und dann sind sie weg.

13:17 Uhr

„Auf wen warten Sie hier?", erkundige ich mich bei besagtem Taxifahrer.

„Ich wurde von dem Herrn bestellt, der gerade wegfuhr. Er lässt sich nur schnell zum Geldautomaten bringen, damit er genügend Bargeld für die Fahrt hat", informiert mich der gutgläubige Chauffeur.

„Was kostet die Fahrt in die Stadt?", will ich wissen und zücke mein Portemonnaie, damit der rechtschaffene Mann keine finanzielle Einbuße erleidet. Es handelt sich ganz bestimmt um ein Missverständnis, und Radek zahlt mir das Geld im August wieder zurück. Das ist so sicher, wie die Erde flach ist.

Dem Radek widerspricht man nicht. Nicht einmal dann,
wenn man versteht, was er sagt.

Akrophobie und andere Fremdwährungen

Es ist heiß, ich schwitze, bin durstig und erreiche die kleine Kuppe mit der schönen Aussicht als Erster. Während ich beobachte, wie Jirka, Vladja und Pavel auf dem Weg nach oben herumalbern, setze ich mich ins Gras und spiele mit den Reißverschlüssen an meinem Rucksack. Dabei entdecke ich ein paar verborgene Fächer. Prompt durchzuckt mich eine Erinnerung: Auf meiner Alaskareise vor zwei Jahren hatte ich in einem dieser Fächer 300 Dollar für Notfälle versteckt. Da kein Notfall eingetreten war, ist diese Reserve völlig in Vergessenheit geraten.

Hastig fummle ich einen Reißverschluss nach dem anderen auf und finde tatsächlich die drei 100-Dollar-Scheine. Vergnügt winke ich damit meinen Freunden zu, die gerade ein wenig atemlos meinen Rastplatz erreichen. „Willst du uns mit harter Währung für Sex bezahlen?", überspielt Jirka seine Verblüffung.

„Dieses Geld habe ich vor zwei Jahren in meinem Rucksack versteckt und es total vergessen", antworte ich selig grinsend.

„Also, wenn mir so etwas passieren würde, würde ich euch einen ausgeben", fädelt Vladja ein.

„Das mache ich auch. Lasst uns die nächste Berghütte ansteuern!", nehme ich seine Aufforderung an. „Und ich habe eine Idee: Wir trinken, bis von den 300 Dollar nichts mehr übrig ist!"

Da wir uns im Jahr 1993 und in Tschechien befinden, wo ein US-Dollar sechs bis sieben Flaschen Bier, vier Gläschen Schnaps oder eine Flasche Sekt wert ist, ist die Begeisterung meiner Freunde groß. Sehr groß.

Wie groß, lässt sich an unserer Reisegeschwindigkeit ermessen: Die nächsten zwei Kilometer legen wir trotz schwerer Rucksäcke in etwa fünf Minuten zurück. (Bis auf Pavel. Er ist in seinem üblichen Schneckentempo unterwegs, weil er vermutlich noch nicht begriffen hat, dass ich soeben zu einem Saufgelage eingeladen habe.)

Beim „Jägerwirt" angekommen, verlieren wir keine Zeit: Jeder bestellt umgehend zwei Hopfenkaltgetränke, dazu knabbern wir bröckelige Salzstangen und uralte Erdnüsse. Schon sehr bald beschließen wir einstimmig, auf erlesenere Getränke umzusteigen. Wir lehnen das Bier und den angebotenen einheimischen Rum ab und ordern russischen Wodka, teuren Billig-Whisky, blauen Bols und alles, was sonst noch seit Jahren in verstaubten Flaschen hinter dem Tresen lagert.

„Hea Oobä, wie viele Dollars ham wir bereiss geso… getrunken?", erkundige ich mich nach einer Stunde, um zu zeigen, dass ich noch immer die volle Kontrolle über meine Zungenmotorik habe.

„Inklusive der vier gerade bestellten Gulaschsuppen und der letzten Flasche Rotwein 840 Kronen, mein

Herr. Das sind beim momentanen Wechselkurs etwa 30 Dollar."

„Hea Oobä, da hammer 'n Problem. Das is su wenich!" Ich stehe mühsam auf und rufe in die Wirtsstube: „Eine Runde für alle, geht auf mich!"

Daraufhin sitzen in der Hütte nicht drei, sondern gleich dreizehn beste Freunde um mich herum. Einheimische, Touristen und eine dicke Frau, die mich in der nächsten Stunde gleich zweimal heiraten will. Es könnte also alles perfekt sein, wenn nicht langsam die hochwertigen Getränke ausgehen würden. Viel zu schnell haben wir sämtliche Wein- und Schnapsvorräte in gute Laune und Urin verwandelt. Höchste Zeit für den Aufbruch. „Hea Oobä, sssahlen bitte!"

„Das macht genau 7211 Kronen oder 240 Dollar."

„Hia sinn 300 Dollah, der Rest iss füa Sie", übergebe ich meine Scheine und bin heilfroh, dass ich nichts mehr trinken muss.

Wir wecken Pavel auf und verabschieden uns von unseren neuen besten Freunden. Der äußerst zufriedene Wirt hilft mir, meinen Rucksack aufzusetzen, und die heiratswillige und sehr verschwitzte Frau küsst mich zum Abschied auf die Wange. Leicht torkelnd verlassen wir die Hütte und steuern eine nahegelegene Anhöhe mit einem gigantischen Aussichtsturm an, der angesichts der fortgeschrittenen Stunde die letzte Sehenswürdigkeit der heutigen Etappe sein soll. Unerwartet mühelos bezwingen wir den mickrigen Buckel und wagen uns an die Besteigung des Turms. Die Leiter ist gefühlte zwei Kilometer hoch. Mindestens.

Oben angekommen, genießen wir die grandiose Aussicht und eine erfrischende Brise. Leider schaukelt der Turm ein wenig, und das tut betrunkenen Menschen selten gut. Wir lassen uns auf dem Boden der Plattform nieder, bequatschen noch kurz die jüngsten Erlebnisse auf der Hütte und nicken einer nach dem anderen ein.

Keine Ahnung, wie lange wir geschlafen haben. Aus der zuvor noch angenehm kühlen Brise ist inzwischen ein unangenehm kalter Wind geworden, und das permanente Schaukeln macht uns endgültig seekrank.

„Wir sollten hinuntersteigen und schleunigst irgendwo unsere Zelte aufbauen, denn heute wird´s wohl noch heftig regnen", taxiert Jirka die Lage und klettert flugs hinab. Wir anderen tun es ihm gleich, schnappen unten unser Gepäck und wollen gerade loslaufen, als ich bemerke: „Pavel fehlt!" Wir blicken genervt nach oben, und im selben Moment fällt uns allen gleichzeitig ein: „Pavel hat Höhenangst."

Das wissen wir seit Jahren und passen immer auf ihn auf, wenn es einen Bergkamm oder einen schmalen Pfad zu passieren gilt. Wenn Jirka, Vladja und ich manchmal auf einer Ruine herumklettern, wacht

Pavel normalerweise unten über unser Gepäck. Aber im Rausch haben nicht nur wir, sondern sogar er selber seine Höhenangst vergessen. Doch nun, nach seinem Nickerchen halbwegs ernüchtert, klammert er sich krampfhaft am Geländer der windigen Aussichtplattform fest und ist ganz grün im Gesicht.

Uns bleibt also nichts anderes übrig, als die Rucksäcke wieder abzusetzen und zu unserem Akrophobiker hinaufzusteigen. Zuerst versuchen wir, den zitternden Pavel vom Geländer zu lösen und zur Leiter zu bugsieren. Vladja formt mit seinen langen Armen ein Art Käfig um ihn, damit er nicht nach hinten kippen kann. Ich halte mich drei Sprossen unterhalb, um einen eventuellen Fehltritt bremsen zu können. Und Jirka ist auf der Plattform geblieben. Er stößt dort oben wilde Beschimpfungen und deftige Flüche aus, um Pavels Aufmerksamkeit von den schwindelerregenden 20 Metern Leere unter seinen Füßen abzulenken.

So meistern wir die erste Stufe, überwinden die zweite und … „Schau nicht runter!!!", schreit Jirka. Leider zu spät. Pavel hat bereits in die Tiefe geblickt und katapultiert sich mit einer ihm völlig wesensfremden Dynamik wieder auf die Plattform zurück, wo er sich erneut am Geländer festkrallt. Der Wind nimmt zu, und schon spüren wir die ersten eisigen Regentropfen auf der Haut.

Da durchfährt Vladja ein Ruck, und er verschwindet kommentarlos nach unten. Wir haben keinen Schimmer, was er vorhaben könnte, und rufen ihm nach: „Haust du etwa ab?" In Anbetracht seiner immer wieder auftretenden psychischen Sonderzustände ist diese Frage keineswegs eine rhetorische.

„Bleibt ihr bei Pavel, ich hole Hilfe!", hören wir noch, bevor die Dunkelheit Vladja schluckt und wir rätselnd zurückbleiben. Holt er die Feuerwehr, die Bergwacht, einen Kran? Oder womöglich eine Säge für den Turm?

Nach einer gefühlten Ewigkeit – wir sind wir mittlerweile völlig durchnässt – kommt Vladja mit einer prallvollen Plastiktüte zurück. Hat er vielleicht Proviant geholt, damit Pavel oben überwintern kann? Auf der Plattform angekommen, offenbart Vladja uns den Inhalt seiner Tüte. Beim Anblick von vier Flaschen Bier und einer Flasche Spiritus geht uns endlich ein Licht auf. Während der nächsten halben Stunde füllen wir Pavel ordentlich ab, bis er höhenangstfrei ganz ohne unsere Hilfe vom Turm hinuntersteigt.

Wir sind rundum zufrieden und mächtig stolz auf Vladja. Zur Belohnung für seine erfolgreiche Therapie titulieren wir ihn bis Ende der Wanderung mit „Dottore".

Unglaublich, wie schnell Pavel seine Höhenangst
losgeworden ist.

Die Nacht der Wildschweine

Wir nähern uns einem beliebten Stausee und freuen uns auf den bevorstehenden Badespaß. Statt der erhofften Abkühlung wartet jedoch eine Ernüchterung auf uns. Die einzigen, die im Wasser schwimmen, sind ein paar Fische mit dem Bauch nach oben. Eine Überschwemmung hat vor wenigen Wochen Unrat und Abwässer in den See gespült, sodass er noch immer stark verschmutzt ist und sein Wasser gen Himmel stinkt.

Enttäuscht laufen wir weiter und entdecken in einem verschlafenen Dörfchen eine urige böhmische Kneipe mit vietnamesischem Besitzer und italienischer Speisekarte. Wir kehren für ein Abendessen und einen Schlummertrunk ein und schlagen wenig später unser Nachtlager außerhalb des Weilers auf. Da es diese Nacht wohl nicht regnen wird, rollen wir einfach unsere Isomatten aus, putzen noch schnell die Zähne und schlüpfen in die Schlafsäcke.

„Grunz!"

„Was ist das?", fragt Vladja erschrocken, als lautes Schnaufen und Grunzen die gerade eingetretene Nachtruhe unterbricht.

„Das sind bestimmt Rehe. Ich wette, Pavels Schnarchen verscheucht sie gleich", versuche ich, ihn zu beruhigen.

„So ein Quatsch, ich schnarche doch nicht!", tönt es empört von links, wo Pavel seinen Schlafplatz in angemessener Entfernung von uns bereitet hat. Warum in angemessener Entfernung? Wegen seines eben erwähnten Schnarchens. Es handelt sich dabei nämlich keineswegs um das übliche kleinkalibrige Schnarchen, das sich mit ein wenig Watte in den Ohren ausblenden lässt. Ich rede hier von großkalibrigem, waffenscheinpflichtigem Schnarchen, das – richtig eingesetzt – Kriege entscheiden könnte.

Unsere kurze Diskussion hat offenbar schon gereicht, die tierischen Besucher zu verscheuchen, und wir schlafen wieder ein.

„Grunz, hhnnnnnff, grunz!!"

Die Geräusche sind jetzt deutlich näher. Wir hören Grunzen, Schnaufen und Mampfen.

„Die fressen Fallobst, und es sind eher Wildschweine als Rehe", stelle ich genervt fest. Bevor ich wieder einschlafen kann, jammert Vladja von rechts: „Wenn es Wildschweine sind, dann könnte es doch gefährlich werden, oder?"

„Glaube ich nicht. Solange wir ihre Frischlinge nicht bedrohen, lassen die uns in Ruhe."

Es wird wieder angenehm still.

„GRUUUNZ!!!"

Es grunzt jetzt so nah und unfreundlich, dass auch ich erschrocken auffahre.

„Wir haben wohl ihr Revier betreten, und jetzt versuchen sie, uns zu verscheuchen", mutmaße ich und eröffne damit unverhofft einen dieser unglaublichen Dialoge, für die ich Vladja wirklich liebe: „Mirek, was gedenkst du in Anbetracht dieser neuen Erkenntnis zu unternehmen?"

„Schlafen, was sonst!?"

„Hmm … ein interessantes Vorhaben."

Ich muss schmunzeln: „Mach doch dasselbe!"

„Also ich glaube, es ist mir unmöglich, dieses adrenalinerzeugende Erlebnis mit dem Einschlafen in Einklang zu bringen."

Das Grunzen entfernt sich wieder, und ich schlummere friedlich bis zum nächsten Morgen. Der ist sonnig, die Luft riecht angenehm nach Heu, und von Wildschweinen ist nichts zu sehen oder zu hören. Habe ich alles nur geträumt? Pavel schläft noch (was sonst?) und Vladja … wo ist Vladja?! Im Gras ist noch deutlich der Abdruck seiner Isomatte zu erkennen, aber von ihm und seinem Gepäck ist weit und breit nichts zu sehen. Haben ihn die Wildschweine gekidnappt?

„Pavel, aufstehen! Vladja ist weg!"

Pavel richtet sich bedächtig im Schlafsack auf, schiebt seine angelaufene Brille auf die Nase, schaut mich an, über mich hinweg und staunt. Ich hole mein Handy heraus und entdecke eine Nachricht auf dem Display: „Ich habe Schiss und Depressionen bekommen. Habe mir im Dorf ein Taxi gerufen und bin nach Hause gefahren."

Pavel liest über meine Schulter mit und ist bestürzt: „Ich habe gestern Abend meine Kamera in seinem Rucksack deponiert, weil der wasserdicht ist!"

Auch Pavel überrascht mich häufig mit seinen Reaktionen auf einschneidende Ereignisse. Ich bin wohl der einzige Langweiler, der sich so überflüssige Fragen stellt wie: „Geht es Vladja wieder gut, hatte er genügend Geld für das Taxi, und stößt er wieder zu uns?" Ich rufe Vladja an, um Antworten darauf zu erhalten.

Der Arme ist total geschockt und zugleich höchst erfreut, weil er offenbar kein bisschen damit gerechnet hatte, dass wir die Nacht überleben könnten. Er ist jedenfalls heil zu Hause angekommen und nach einem Cocktail aus Sedativa und Antidepressiva schnell eingeschlafen. Nur für die Herkunft der fremden Kamera in seinem Rucksack hat er bisher noch keine Erklärung gefunden.

Vladja findet in der Dunkelheit endlich eine
Wildschwein-freie Schlafstätte.

Begegnung der dritten Art

Ich sitze in einer Provinzstadt im Biergarten mit direktem Blick auf den Bahnhof und warte auf meine Jungs. Jeder von ihnen will mit einem anderen Zug anreisen, und Vladja hat sogar angekündigt, per Anhalter zu kommen. Ob er das bis vier Uhr schafft, ist also mehr als fraglich. Vielleicht ist das der Grund für meine Vorahnung, dass heute noch etwas schiefgeht.

Die Tür des Bahnhofsgebäudes öffnet sich, und müde Pendler strömen heraus, um mit ihren Familien schon bald das Wochenende vor der Glotze zu verbringen. Ich halte vergeblich nach Pavel Ausschau, der eigentlich um diese Uhrzeit ankommen wollte. Aber die Schwingtür ist längst wieder zur Ruhe gekommen, und ich kann Pavel nirgendwo entdecken.

„Das fängt ja gut an", schimpfe ich vor mich hin, als doch noch ein Wunder geschieht: Wie in Zeitlupe öffnet sich die Tür erneut, und eine Gestalt mit Rauschebart und übergroßem Rucksack schiebt sich allmählich auf den Bahnhofsplatz.

Langsam dreht sie den Kopf zuerst nach links und schaut, dann wendet sie den Blick bedächtig nach rechts. Ich bin erleichtert, dass Pavel da ist. Zumindest fast. Um zu erfassen, dass die hektisch winkende Hand zu mir gehört und die verbleibenden 100 Meter zu meinem Tisch zurückzulegen, wird er noch etliche Minuten brauchen.

Noch bevor er bei mir ankommt, legt ein stinkender Müllwagen eine Vollbremsung vor dem Biergarten hin. Vom Beifahrersitz grinst mir Vladja entgegen.

„Super, noch nicht einmal halb vier, und wir sind annähernd komplett", begrüße ich ihn erfreut.

Zu dritt vergeht die Wartezeit im Nu. Wir haben uns ein ganzes langes Jahr nicht gesehen und somit viel Gesprächsstoff. Dennoch macht sich Unruhe in mir breit. Gerade fährt Jirkas Zug in den Bahnhof ein, oder besser: der Zug, mit dem Jirka kommen wollte. Minuten vergehen, die Bahn ist längst wieder weitergefahren, und von Jirka ist weit und breit nichts zu sehen.

„Ihr kennt ihn doch. Der Knauser hat bestimmt nicht den teuren Schnellzug genommen, sondern kommt mit dem Schneckenexpress", beruhigt mich Vladja.

„Wahrscheinlich, dann müssen wir eben bis halb fünf warten", schließt sich Pavel dieser Meinung an und bearbeitet weiter seine Fingernägel mit den Schneidezähnen.

Als auch der Schneckenexpress den Bahnhof verlassen hat, ohne dass Jirka aufgetaucht ist, greife ich zum Handy.

Tuuuit … Tuuuit … Tuuuit, clack. „Hier Jirka, was gibt´s?"

„Drei Leute an einem Bahnhof im Böhmerwald fragen sich besorgt, wo du bleibst", fasse ich mich kurz.

„Oh Sch…, ich habe verschlafen!"

„Ja, und wo bist du?"

„Ich habe mich gestern so gefreut, euch schon bald wiederzusehen, dass ich ordentlich darauf anstoßen musste."

„Ja und?"

„Und jetzt hast du mich geweckt."

„Weißt du eigentlich, dass du ein Riesenarsch bist?!?", schreie ich den Hörer an und lege genervt auf.

Bevor ich die anderen ins Bild setzen kann, klingelt Vladjas Handy. Jirka weiß genau, dass ich nicht imstande wäre, ruhig mit ihm zu reden. Schnell haben die beiden verabredet, wann und wo Jirka morgen Vormittag auf uns treffen wird. Ich beruhige mich langsam, wir bezahlen unsere Zeche und ziehen vorerst zu dritt los.

Am nächsten Morgen frühstücken wir auf der schattigen Terrasse einer Dorfpension und erinnern uns gemeinsam an die unzähligen Ausschweifungen des nicht anwesenden Jirka.

„Servus Mädels!", flötet Pavel plötzlich und zwinkert charmant zwei vorbeimarschierenden Rucksacktouristinnen zu. „Habt ihr schon gefrühstückt?"

„Nein!", antwortet die Rothaarige: „Was kriegt man denn hier zum Essen?"

„Kaffee, Brot, Schinken, Gurken…", liest Vladja die Speisekarte vor.

„Ich brauche ein Bier!", lässt uns die mit dem Wickelrock wissen.

Das ist ganz nach unserem Geschmack, und wir bitten die sympathischen – und wie sich schnell zeigen sollte auch humorvollen – Mädchen an unseren Tisch. Wir quatschen über unsere Wanderungen und stoßen gemeinsam mit dem ersten Bier des Tages an.

„Wenn ich eure Wegplanung richtig vernommen habe, geht ihr auf dem grün markierten Weg nach Westen", fange ich an, die Fäden zu spinnen.

„Jaaa, wieso?"

„Von dort sind wir gestern gekommen. Heute muss unser doofer verspäteter Freund genau diesen Weg nehmen, um uns nachher unten am See zu treffen. Ihr werdet ihm also garantiert irgendwo im Wald begegnen."

„Na und?"

„Wie wäre es, wenn ihr ihn mit seinem Namen begrüßt und so tut, als würdet ihr ihn richtig gut kennen? Jirka ist ein ausgemachter Säufer mit entsprechend großen Erinnerungslücken. Ihr werdet also leichtes Spiel mit ihm haben."

„Super Idee! Da machen wir natürlich mit", feixen die beiden. (Es ist doch traurig, dass selbst die hübschesten Frauen auch nur fiese Schlangen sind!)

In den verbleibenden Minuten füttern wir unsere Mitverschwörerinnen mit schmutzigen Details aus Jirkas Leben. Danach bezahle ich für alle, und wir verabschieden uns. Schon jetzt bin ich kreuzunglücklich, dass ich Jirkas Reaktion auf das „Wiedersehen" mit den beiden Schönen nicht miterleben werde.

Stattdessen machen wir uns auf den Weg zum Treffpunkt am See. Bis Jirka kommt – wenn er überhaupt kommt – werden wir genügend Zeit zum Baden haben. Das Wasser ist hier überraschend klar und angenehm kühl. Nachdem wir uns darin ausgetobt haben, legen wir uns gemütlich in den Sand, betten unsere Köpfe auf die Rucksäcke und nicken ein.

„Jungs! Aufwachen!", brüllt es über uns.

„Was ist los?", frage ich gereizt und blinzle in die Sonne.

„Ihr glaubt nicht, was ich gerade im Wald erlebt habe!"

„Aaah, der Spätzünder ist endlich da", heißt Vladja Jirka kalt willkommen.

„Schwamm drüber, hört mir doch mal zu! Ich laufe zügig voran und freue mich schon auf euch, da kommen mir zwei Mädels entgegen…"

„Und beide wollten ein Kind von dir!?", unterbricht Pavel die Erzählung.

„Nein, Blödmann! Aber als sie gerade an mir vorbeigehen und ich sie beiläufig grüße, antwortet die eine: ‚Servus, Jirka!'"

„Waren die aus deiner Stadt?", spiele ich meine Rolle.

„Warte, das kommt später! Im ersten Schreck drehe ich mich um und überlege: ‚Wer kennt mich hier, so weit entfernt von zu Hause?!?' Die zwei Mädchen sind inzwischen weitergelaufen, als ob alles ganz normal wäre. Ich starre ihnen hinterher und rufe: ‚Entschuldigt! Woher kennt ihr mich?' Da behauptet doch die eine ganz vorwurfsvoll, ich hätte sie im Frühjahr in Prag portraitiert."

„Und wer war sie?", heuchle ich Neugier.

„Das ist es ja: ICH HABE KEINE AHNUNG!!! Ich kann mich an nichts erinnern. Ich frage sie noch, in welcher Kneipe das gewesen sein soll, und da sagt sie, dass es bei ihren Eltern zu Hause war und ich mich danach

mit ihrem Vater betrunken hätte. Es war total ober-
peinlich!"

„Jirka, du solltest ernsthaft einen Alkoholentzug in
Betracht ziehen."

„Ich weiß, ich habe die ganzen letzten Stunden über
nichts anderes nachgedacht. Manchmal vergesse ich,
wo ich gestern getrunken habe oder mit wem. Aber
dieses Mädel war etwas Besonderes, und auch noch
in Prag – da bin ich doch gar nicht so oft. Keine Ahnung,
wann das gewesen sein soll, Sch…!!!"

Pavel ist der erste, der nicht mehr an sich halten kann
und laut auflacht. Ich habe mich noch ganz kurz unter
Kontrolle, aber dann verursacht Jirkas verstörter Blick
auch bei mir einen Lachkrampf.

„Das wart ihr! … Ich hätte es ahnen können. Wieso
hab ich es nicht gleich durchschaut?! Ihr Mistkerle,
ihr Arschlöcher!!!"

An dieser Stelle möchte ich mich von ganzem Herzen
bei den beiden talentierten Komplizinnen (deren
Namen ich leider nicht kenne) für ihre Hollywood-
taugliche Darbietung bedanken. Solltet ihr diese Zei-
len lesen, meldet euch bitte unbedingt, damit wir
nochmal gemeinsam mit Jirka über eure Waldbegeg-
nung der dritten Art lachen können.

In diesem Moment beschloss Jirka, nie mehr zu trinken. Bis er nach zwei Stunden wieder angefangen hat, war er unerträglich.

Die Schlafgeschichten

Am deutlichsten lässt sich unsere persönliche Reifung an unseren geänderten Schlafgewohnheiten ablesen. Zu Beginn hatten wir nie ein Zelt dabei, manche von uns besaßen ... ich besaß nicht einmal einen richtigen Schlafsack. Das war in erster Linie meiner finanziellen Situation geschuldet, aber auch unserer Männlichkeit: Zelt und Schlafsack waren was für Warmduscher. Wir als richtige Männer zogen eine grüne Wiese jedem Kingsize-Bett vor. Zog ein Unwetter auf, rafften wir alles zusammen und steuerten die nächste zufällig offene Scheune oder ein Wartehäuschen am Straßenrand an. Wenn dabei Gepäck oder Schlafsäcke nass geworden waren, wurden sie am nächsten, meist wieder sonnigen Morgen auf einer Wiese zum Trocknen ausgelegt.

Als wir knapp 30 waren, hatte Pavel als Erster ein Zelt dabei. Ein sehr schweres und sperriges. Klar, dass wir ihn ausgelacht haben. Doch beim ersten Gewitter auf dieser Tour suchte jeder von uns Pavels Nähe. Und das im Wortsinn, denn er hatte ein Zweimannzelt, in dem wir am Ende zu viert nächtigten. Auch das letzte Verb ist mit Bedacht gewählt, denn da Pavel schon damals furchtbar geschnarcht hat, konnte von „Schlafen" nicht die Rede sein.

Die Zeit blieb nicht stehen, und mit den Lebensjahren wuchs unsere Ausrüstung. Mit 40 gehörten Zelte zur Basisausstattung, und mittlerweile thront auf jedem unserer Rucksäcke eine selbstaufblasbare Isomatte.

Das bedeutet freilich nicht, dass wir im Lauf der Jahre zu Warmduschern mutiert sind! Wenn der Abendhimmel sternenklar ist, die Temperatur über 23°C liegt, sich kein Lüftchen regt und eine optimistische Wetterprognose aus dem Smartphone von den Voraussagen meiner funkgesteuerten Barometeruhr zweifelsfrei bestätigt wird – dann zeigen wir uns noch immer risikofreudig und übernachten im Freien.

Auf die Zelte verzichten wir aber auch dann, wenn direkt an unserer Route eine preiswerte Pension oder eine gemütliche Berghütte liegt. Erstaunlicherweise scheinen die von Jahr zu Jahr mehr zu werden. Alle mit warmer Dusche, üppigem Frühstück und manchmal sogar mit einer Heizung, auf der wir bei Bedarf die verschwitzten Klamotten trocknen können.

Obwohl wir all diese evolutionären Veränderungen sehr zu schätzen wissen, lässt sich nicht leugnen, dass unsere schönsten und lustigsten Erinnerungen den gemeinsamen Nächten unter freiem Himmel entstammen.

Einmal brachte Pavel ein Taschenradio mit, ein Jahr später hatte er eine Hängematte dabei. Dann folgte irgendwann ein Zelt. Was bringt er wohl heuer mit?

Fetter Toni an Markus, das Würstchen

Heuer liegt die Kulisse für unsere Wanderung weit im Osten meines Heimatlands, in einem Mittelgebirge an der polnischen Grenze. Nach einem Blick in den unübersichtlichen Fahrplan der Bahn entscheide ich mich für eine Anreise per Anhalter. Wir haben uns erst für sechs Uhr abends verabredet, somit bleibt genügend Zeit, die 250 Kilometer in Gesellschaft diverser, hoffentlich unterhaltsamer Zeitgenossen zurückzulegen.

Ich stehe an einer Autobahnauffahrt am Rande von Prag und winke den Vorbeifahrenden demütig zu. Nach einer Stunde beginne ich darüber zu sinnieren, ob ich mich nicht doch lieber eingehend mit der Logik des Kursbuchs befassen sollte, um die Strecke mit der Bahn zurücklegen zu können. Aber noch bevor ich die Frage bejahen kann, hält ein LKW an. Ich schnappe meinen Rucksack und beeile mich, die Beifahrertür zu öffnen, bevor der Fahrer es sich anders überlegt.

„Fahren Sie Richtung Ostrau?", rufe ich nach oben in die Fahrerkabine.

„Steig ein, ein Stück kann ich dich mitnehmen!"

Hurra, endlich geht die Reise los! Bevor ich eine Konversation beginnen kann, greift der Fahrer zum Funkgerät: „Hier Fredy auf dem Weg nach Hradec. Habe einen Tramper mitgenommen, der Richtung Ostrau will. Fährt jemand in diese Richtung?"

Ich staune nicht schlecht, denn so etwas habe ich noch nie erlebt.

„Hier Fetter Tony. Wenn du eine Tramperin hättest, würde ich umdrehen und sie hinfahren. Aber was soll ich mit einem Kerl? Haha!", schallt es aus dem Lautsprecher am Armaturenbrett.

„Hi Tony, ich glaube, der würde sowieso nicht mehr in deine Fahrerkabine passen, wenn du schon drin sitzt", antwortet Fredy zu meiner Belustigung.

„Hier Markus, das Würstchen. Wo genau bist du denn gerade, Fredy?", meldet sich eine neue Stimme.

„Hi Markus, ich bin auf der A3, etwa bei Kilometer 28."

„Bist du der Volvo mit dem dreckigen Arsch?"

„Vielleicht. Gefällt er dir?"

„Nö, ist mir zu wenig weiblich. Ich bin direkt hinter dir und fahre Richtung Ostrau. Wir können deine Fracht an der Raststätte ‚Bei den fünf Titten' umladen!"

„Roger, ist gebongt. Ende."

Die Übergabe der Fracht (meiner Person) läuft glatt, und schon sitze ich im nächsten Truck. Wenn es so weiter geht, bin ich überpünktlich in Ostrau.

„Schade, dass nicht alle Autofahrer Funk benutzen. Dann wäre Autostopp echt easy", denke ich laut.

„Ich kann dich nur noch über den Pass bringen. Die letzten 70 Kilometer musst du allein weiterkommen, da oben fahren kaum Trucker mit Funk", dämpft Markus, das Würstchen, meine Vorfreude.

„Macht nix, es ist Freitag, da kommen bestimmt viele Wochenendpendler vorbei. Ich habe ein buntes Pappschild mit meinem Fahrtziel dabei, da wird mich schon jemand mitnehmen", zeige ich mich optimistisch. Vierzig Minuten später stehe ich am Rand einer nicht gerade viel befahrenen Straße. Noch einmal winkt mir das Glück in Form eines vollbesetzten VW-Busses, in dem die Passagiere ein wenig enger zusammenrücken, damit ich noch einmal zehn Kilometer weiter komme.

Ab jetzt ist es endgültig ruhig auf der Straße. Kein Fahrzeug weit und breit. Lediglich ein Opa auf einem Drahtesel. Aus Spaß strecke ich ihm meinen Daumen entgegen. Aber Opa denkt nicht daran anzuhalten: „Ich nehme grundsätzlich nur Blondinen mit", lässt er mich verschmitzt wissen.

Den Plan, um 18 Uhr in Ostrau zu sein, gebe ich gegen 18:30 Uhr auf und rufe die Jungs an. Wir vereinbaren, dass sie am nächsten Morgen am Schwimmbad von Fridek-Mistek auf mich warten werden. Dann marschiere ich los. Nicht, um die restlichen 60 Kilometer zu Fuß zu meistern, sondern in der Hoffnung, an einer Kreuzung womöglich auf eine stärker befahrene Straße zu stoßen.

Nach über zwei Stunden erreiche ich das nächste verschlafene Dorf und entdecke dort eine Bushaltestelle. Erneut flammt Hoffnung auf eine bequeme Weiterreise auf. Doch der Anblick der demolierten Bank im Wartehäuschen und die verblichenen Zahlen auf dem Fahrplan machen mir schnell klar, dass diese Haltestelle bereits seit Jahren stillgelegt ist. Soll ich warten und hoffen, dass sie eines Tages reanimiert wird? Das wäre ebenso sinnlos wie weiterzulaufen. Um diese Uhrzeit würde mich in dieser Einöde ohnehin keiner mehr mitnehmen.

Gegen 21 Uhr rast ein Traktor vorbei. Ich gebe auf und lasse mich auf der ramponierten Bank im Wartehäuschen nieder. Nicht einmal einen Schlafsack habe ich dabei, denn Pavel hat mir bei seinem Cousin einen Daunenschlafsack nähen lassen und wollte ihn mir bei unserem Wiedersehen übergeben. Ich stelle mir vor, wie kuschelig und warm ich in diesem neuen Schlafsack liegen könnte, wenn ich nur schon bei den anderen in Ostrau wäre. Bin ich aber nicht, sondern ich friere an einer zugigen Bushaltestelle in einem gottverlassenen Bergkaff. „Wenigstens hält das Wartehäuschen den Regen ab", versuche ich mich zu ermutigen. Da die Temperaturen fast minütlich sinken, raffe ich mich gegen 23 Uhr dazu auf, das Dorf gründlich nach einer wärmeren Alternative zu durchsuchen.

Im Garten eines Kindergartens steht eine Laube oder ein Gartenhaus – egal, auf jeden Fall ein geschlossenes Gebäude! Nach dem Überwinden des Zauns stelle ich erleichtert fest, dass es nicht abgesperrt ist. Im Licht meiner Taschenlampe erblicke ich Dutzende Puppenwagen voller Puppen und Kuscheltiere. „Willkommen im Barbie-Hotel", schießt es mir durch den Kopf. Ich mache es mir mit dem Rucksack unter dem Kopf auf dem Boden bequem. Gute Nacht!

Von wegen „Gute Nacht"! Kurz nach Mitternacht wache ich auf, und es ist kalt. Eisigkalt und bitterkalt. Mit der Taschenlampe im Mund reiße ich den Puppen die Kleider vom Leib. Wenn mich jetzt jemand erwischt, verbringe ich vermutlich nicht nur diese angebrochene Nacht, sondern die nächsten Jahre in einer psychiatrischen Anstalt. Aber das ist mir im Moment egal. Ich verteile und staple die Kleidchen und Deckchen aus den Puppenwagen auf meinem Leib, bis sie mich halbwegs bedecken. Sie wärmen tatsächlich ein wenig, und nach ein paar durchblutungsfördernden Muskelübungen kann ich einschlafen.

Bevor ich die gastliche Stätte früh am Morgen verlasse, kleide ich die Puppen wieder an. Dabei stelle ich mir die erstaunten Puppenmuttis vor, die ein paar Stunden später ihre Puppen in falschem Outfit in fremden Wagen liegend vorfinden werden. Ich verlasse den Garten schleunigst und glücklicherweise unentdeckt und höre schon kurz darauf ein Motorbrummen. Es ist der VW-Bus, der mich bereits gestern ein Stück mitgenommen hat. Der Fahrer lächelt: „No, immer noch auf dem Weg nach Ostrau?"

„Ja und Sie?"

„Ich muss dort etwas aus der Reparatur holen und kann dich direkt hinbringen, steig ein!"

Bitte unbedingt die ganze Geschichte lesen! Es ist nämlich wirklich nicht sooo, wie es aussieht.

Jungfrauenalarm

An der Eingangstür der Kneipe, in der wir unseren Wandertag zu Ende gehen lassen wollen, fällt uns ein buntes Plakat auf: Es kündigt den heutigen Tanzabend an. Dieses Ereignis wollen wir uns natürlich nicht entgehen lassen. Umgehend blockieren wir einen Tisch für uns und verschwinden schnell wieder, um einen geeigneten Schlafplatz in der näheren Umgebung zu suchen.

Glücklicherweise werden wir sehr bald fündig: Nur drei Straßen vom Ort des abendlichen Vergnügens entfernt steht mitten in einem parkähnlichen Garten ein schmuckes Kurhotel. Da es noch hell ist, klettern wir nicht gleich über den Zaun, sondern inspizieren das Terrain von außen. Doch auch von hier sehen wir, dass die Laube in der entlegensten Ecke der gepflegten Grünanlage genau das Richtige für uns ist und sind uns einig: Wenn die Nacht trocken bleibt, schlafen wir auf dem Rasen unterhalb der Laube; sollte es regnen, wird uns ihr Dach beschützen. Hurra, das ging ja flugs – und jetzt schnell wieder zurück in die Kneipe!

Diese hat sich inzwischen mit gutgelaunten, herausgeputzten Menschen im Alter von 40 bis 100 Jahren gefüllt. Es gibt auch einige wenige Jugendliche, und sogar die sind besser gekleidet als wir vier Abenteurer nach unserem langen Wandertag. Aber das ist uns egal; wir lassen uns seelenruhig an unserem Tisch nieder. Falls uns die Festgesellschaft nach sechs Halben noch immer nicht integriert hat, gehen wir halt schlafen.

Nach einer Stunde ist die Bude so laut und verraucht, dass wir tatsächlich aufbrechen. Wir überqueren die Straße, schwingen uns über den Zaun, schleichen durch den Garten des Kurhotels und rollen unsere Isomatten aus. Unter sternenklarem Himmel philosophiere ich noch ein wenig mit Jirka, während die beiden anderen schon tief schlummern. Plötzlich hören wir Geraschel und Getuschel. Anscheinend hat es sich ein Pärchen in der Laube gemütlich gemacht. Mist, wenn sie uns entdecken, müssen wir womöglich die Sachen packen und eine neue Schlafstatt suchen.

Wir hören Küsse. Lange, laute und feuchte Küsse.

„Was machst du da?", fragt die Frauen- oder eher Mädchenstimme. „Ich will das nicht!"

No super! Zwei Teenies, die die Dorfdisco verlassen haben, um vor unseren Ohren zu kopulieren – ein Hörporno!

„Komm schon, ich liebe dich doch!", drängt die männliche Stimme.

„Nein, wir gehen zurück und machen später weiter."

„Warum später? Ich will dich jetzt."

„Ich bin noch nicht so weit, lass uns gehen!"

Die Teenies entfernen sich, und die Stille kehrt zurück.

„Gut, jetzt können wir schlafen", beruhigt sich Jirka.

„Hmm, da bin ich mir nicht so sicher, wenn der geile Typ das Mädchen abfüllt, kommen die wieder und dann ...", male ich die Aussichten für diese Nacht aus.

„Chrrrrrrr... tschieeee, chrrrr... tschieeee ..."

„Glaub mir, falls die je wiederkommen, schlägt Pavels Grunzen sie garantiert in die Flucht", beendet Jirka meine Schwarzmalerei.

Tatsächlich bleibt die Nacht ruhig, und ich halte es für mehr als wahrscheinlich, dass Pavels Schnarchen einem Dorfmädchen die Jungfräulichkeit gerettet hat – zumindest für diese Nacht.

Hotel „Unter der Brücke"

Kennen Sie Karlsbad? Den mondänen Kurort mit weitläufigen Parks, heilenden Quellen, vielen gutbetuchten Deutschen und noch mehr steinreichen Russen? Absolut sehenswert und entsprechend teuer. Trotzdem wollen auch wir die noble Promenade und das gesundheitsfördernde Heilwasser kennenlernen.

Zunächst erfrischen wir uns in einer bezahlbaren Kneipe am Stadtrand mit einem quellwasserhaltigen Bierchen und schmieden Pläne für die nächsten Tage. Da es zu regnen beginnt, bestellen wir noch eine zweite Runde, damit wir nicht untätig auf besseres Wetter warten müssen.

Pavel wirkt besorgt, als der erhoffte Wetterumschwung ausbleibt: „Wo sollen wir dann heute schlafen?"

„Wie wär´s ausnahmsweise mit einer preiswerten Pension", schlägt Jirka vor.

„Lasst mich nur machen!", befiehlt Vladja mit erhobenem Zeigefinger und zückt sein nagelneues Smartphone. „Ich searche nach preiswerten Pensionen vor Ort."

Normalerweise bin ich es, der mit dem neuesten technischen Spielzeug wie einem Outdoor-Smartphone, einer wasserdichter Smartwatch oder ultraleichten Bergstiefeln prahlt. Diesmal war ich wohl nicht schnell genug.

„Unter 60 Euro pro Nase gibt es hier in der Stadt nichts", vermeldet nach wenigen Minuten Vladja mit traurigem Blick auf sein Smartphone.

„Hahaha", höhnt Jirka. „So viel verdiene ich in zwei Wochen. Da schlafe ich doch lieber unter der Brücke."

Mir ist klar, dass 60 Euro auch für Vladja und Pavel zu viel Geld sind. Aber ich weiß auch, dass die preiswerteren Pensionen meist keine eigene Homepage haben. Das gibt mir doch noch Gelegenheit, mich zu profilieren: „Zahlen, Herr Ober! Und können Sie uns bitte ein Taxi bestellen?"

Ich blicke in drei erstaunte Gesichter. 1:0 für mich. Ob ich den Gesamtsieg davontrage, wird sich aber erst noch zeigen. Wir bezahlen unsere Getränke und zwängen uns mit unseren übergroßen Rucksäcken in das wartende Taxi.

„Wohin soll es gehen, meine Herrn?", wendet sich der Taxifahrer an mich (als Menschenkenner hat er offenbar gleich kapiert, wer von uns das Sagen hat).

„Können Sie uns zu einer Pension fahren, wo wir alle zusammen für eine Übernachtung maximal 30 Euro bezahlen? Und was wird die Fahrt circa kosten?", breite ich meine Strategie aus.

Der Taxifahrer denkt nicht lange nach: „Meine Schwester hat im Nachbardorf eine Pension, und sie macht ein Superfrühstück. Ich denke, 30 Euro gehen in Ordnung. Soll ich sie fragen, ob sie was frei hat?"

„Ich bitte darum", gebe ich lässig grünes Licht. Hinter mir spüre ich die bewundernden Blicke meiner Freunde.

Nach einem kurzen Telefonat lässt uns der Chauffeur wissen: „Sie hat noch eine Ferienwohnung mit vier Betten frei. Kostet 28 Euro, möchten Sie die haben?"

„Das klingt sehr gut, und was sind wir Ihnen schuldig?", erinnere ich ihn an meine zweite Frage.

„Lasst's stecken. Meine Schwester findet sowieso, dass ich sie viel zu selten besuche. Wenn ich ihr jetzt bei meiner Visite noch Gäste bringe, habe ich wieder etwas gut bei ihr!"

Mein Triumph ist zum Greifen nahe. Es sei denn, die Pension ist eine Bruchbude und die Jungs lachen mich aus.

Nach knappen fünfzehn Minuten fährt das Taxi vor einer zweistöckigen Villa mit schmiedeeisernem Zaun und schmuckem japanischem Garten vor. An der Pforte lächelt uns die Schwester entgegen und bietet uns ihren ausladenden orangefarbenen Regenschirm an.

Ich möchte an dieser Stelle keinesfalls mein beispielloses taktisches Geschick in den Mittelpunkt rücken, sondern auf den Punkt kommen: Ja, die Ferienwohnung ist gemütlich, elegant, tipptopp sauber, die Aussicht in den Garten macht richtig was her – und ich bin der Held der Stunde.

Während die Wirtin sich mit ihrem Bruder auf einen Plausch zurückzieht, verteilen wir die Schlafplätze und machen uns auf den Weg ins Dorfrestaurant.

Das klingt nach einem perfekten Happy End – ist es aber nicht, vor allem nicht für Jirka. Der ist nämlich von den niedrigen Preisen in der Kneipe so begeistert, dass er Runde um Runde mit den Jungs und Mädels von Nachbartisch auf Freundschaft anstößt und unbedingt mit seinen neuen Freunden weiterfeiern will, als wir längst schlafen gehen wollen.

Da wir nur einen Schlüssel haben, verabreden wir mit Jirka, dass er mich bei seiner Heimkehr auf dem Handy anruft, damit ich ihm die Tür öffne. Ein perfekter Plan, der tatsächlich zum Happy End führen könnte. Zumal ich vor dem Einschlafen sogar daran denke, den Ladezustand meines Handyakkus zu kontrollieren, damit ich Jirkas Anruf auf keinen Fall verpasse. (Manchmal denke ich: Die haben mich gar nicht verdient.)

Beim ersten Klingeln bin ich hellwach und kurz genervt, dass Jirkas Extratouren meine wertvolle Tiefschlafphase unterbrechen. Doch beim Telefonieren stelle ich verwundert fest, dass die Sonne schon in unser Zimmer scheint.

„Hi", meldet sich Jirka kleinlaut.

„Wo bist du? Wo hast du geschlafen?", frage ich.

„Lass mich ins Haus, mir ist kalt!!"

Ich ziehe schnell meine Boxershorts an, bevor ich die Treppe hinunterlaufe.

Im Garten steht Jirka. Er blutet an der Oberlippe, hat ein Veilchen und stinkt. Vladja schaut im ersten Stock aus dem Fenster und lacht sich schlapp. Ich schleuse Jirka unbemerkt an der Küche vorbei nach oben und stecke ihn erst einmal unter die Dusche. Als er einigermaßen sauber wieder rauskommt, erzählt er uns seine kurze Geschichte.

„Also, als ihr weg wart, habe ich noch eine oder zwei Runden spendiert, und dann meinte einer, wir sollten alle nach Karlsbad in eine Russendisco fahren, wo er den Türsteher kennt. Und dann waren wir dort, und es war total schick, aber auch richtig teuer. Und ich habe die Anuschka kennengelernt. Kann sein, dass ich sie vielleicht irgendwie geküsst habe oder sowas. Habt ihr eigentlich was zu trinken? Ich habe einen Brand!"

Pavel reicht ihm ein Glas Wasser: „Und weiter?"

„Nix weiter! Nur, dass Anuschka nicht alleine dort war."

„Und?!?", werden wir ungeduldig.

„Also Sergej – der Türsteher – hat meine Entschuldigung nicht richtig verstanden … er konnte nicht gut Tschechisch."

Wir lachen herzlich, und Vladja hakt nach: „Das erklärt deine Blessuren, aber wo hast du die Nacht verbracht?"

„Ich habe Hunger, wann kommt die Chefin mit dem Frühstück?", weicht Jirka aus.

„Wir haben schon gefrühstückt, und du warst nicht da", nehme ich Jirka auf den Arm.

In diesem Moment macht sich die Wirtin vor der Zimmertür bemerkbar: „Wollen die Herrschaften vielleicht auf der Terrasse frühstücken? Wer mag Kaffee, wer Tee?"

Wir verlegen unsere Konferenz auf die Terrasse, genießen das fürstliche Frühstück und sind auf Jirkas Erklärung gespannt.

„Es hat geregnet, und ich war sternhagelvoll", gibt Jirka zwei enttäuschende Details preis. Ersteres wussten wir bereits, das Letztere dachten wir uns.

„Ich hatte keine Ahnung, wo ich bin, und mein Geld war alle. Da habe ich mir halt einen trockenen Platz unter einer Brücke gesucht. Sonst weiß ich nichts mehr", beendet Jirka das Verhör.

„Dann hast du ja genau das bekommen, was du dir gestern gewünscht hast", erinnere ich ihn: „Du hast wörtlich gesagt: ‚Da schlafe ich doch lieber unter der Brücke.‘"

Gespenster gibt es nicht, … oder?

Kurz nach acht Uhr abends kommen wir an der gotischen Burg Lipnice an, einem eher unbedeutenden Bauwerk dieser Epoche. Wenn nicht Jaroslav Hašek im nahegelegenen Gasthaus „Zur Böhmischen Krone" den braven Soldaten Schwejk erfunden hätte, wäre die Burg wahrscheinlich längst in Vergessenheit geraten. Weil Pavel den Kastellan Michael kennt, der mit seiner Frau Ivana in der Dienstwohnung hinter der Burgkasse wohnt, dürfen wir heute im schwarzen Burgturm übernachten.

„Super, voll romantisch!", freue ich mich auf diese Nacht.

Die Luft im Turm ist feucht, unsere Stimmen hallen von den wuchtigen Mauern wider, und die schmalen Fenster lassen kaum etwas von der Außenbeleuchtung hinein. Wir knipsen die Taschenlampen an und machen es uns auf dem Steinboden so bequem wie möglich.

„Hoffentlich gibt es hier keine Mäuse", meldet Pavel erste Bedenken.

„Wieso, hast du Angst, dass sie deine Käsefüße anknabbern?", will Jirka wissen.

„Blödmann!", antwortet Pavel noch, und dann kehrt Ruhe ein. Wir sind zu müde, um weitere Bosheiten auszutauschen. Außerdem macht es die Akustik des

Raumes erforderlich, schneller einzuschlafen als der schnarchende Pavel. Mir gelingt es rechtzeitig, und so komme ich schnell im Land der Träume an.

Doch plötzlich schrecke ich im Schlafsack hoch, weil ich etwas Eiskaltes an meiner linken Wade spüre. Ich mache die Augen auf und starre einem großen, hageren Mann in einem langen Mantel entgegen. „Das kann nicht sein. Das ist unmöglich", beschwöre ich mich selbst. Trotzdem sitze ich einem nächtlichen Besucher gegenüber, der seine Hand nach meinem Bein ausstreckt.

„Heaaaaaaaa!" entfährt mir ein unartikulierter, kräftiger Schrei, der Pavel und Jirka weckt: „Was ist los, warum schreist du wie ein Verrückter?!?"

Augenblicklich verliert die Erscheinung an Intensität und verschwindet nach wenigen Sekunden komplett.

„Habt ihr ihn gesehen?", will ich wissen.

„Wen?" Pavel klingt genervt.

„Den Mann im Mantel!", jammere ich.

„Du hast geträumt, schlaf einfach weiter", rät Jirka ungerührt.

Natürlich schlafe ich nicht weiter, sondern leuchte jeden Winkel des Raums mit meiner Taschenlampe aus – ohne irgendetwas zu entdecken. „Vielleicht habe ich tatsächlich nur schlecht geträumt", versuche ich mich zu beruhigen. Dennoch zittere ich bestimmt noch eine Stunde, bevor ich wieder wegdämmere und bis zum Morgen durchschlafe.

„No, habt ihr gut geschlafen?" tönt Michaels Weckruf um acht Uhr.

„Mirek hat von Gespenstern geträumt", lacht mich Jirka aus.

„Das war kein Traum, der Mann im Mantel war echt!", rechtfertige ich mich.

Betreten fragt Michael: „Wie sah er denn aus?"

Nach meiner kurzen Beschreibung wird Michael noch ernster: „Packt eure Sachen und kommt nach unten, ich werde euch beim Frühstück etwas erzählen!"

Während Ivana uns schwarzen Kaffee serviert, holt Michael ein dickes altes Buch mit Ledereinband aus dem Nebenzimmer und liest eine Legende vor. Sie erzählt von Nikolaus Trčka von Lípa, der im 14. Jahrhundert hier oben Burgherr war. Er reiste eines Tages mit seiner Entourage nach Prag und ließ das Anwesen in Obhut seines Majordomus zurück. Bereits in der folgenden Nacht verschaffte sich ein Dieb Zugang zu der verwaisten Burg. Der Majordomus bemerkte das Treiben und versuchte, den Dieb im schwarzen Turm zu stellen. Doch der Ertappte setzte sich mit dem Dolch zur Wehr und konnte flüchten. Der treue

Majordomus erlag noch in der gleichen Nacht seiner Verletzung. Der Dieb und Mörder konnte trotzdem bald überführt werden und wurde nach der Rückkehr des Burgherrn umgehend enthauptet.

„Und warum erzählst du uns das?", fragt Jirka.

Michael lächelt geheimnisvoll und zitiert aus dem Buch: „Seit diesem Tage berichten immer wieder Gäste, die in schwarzem Turm nächtigten, von einem Geist: ein älterer, großer Herr in langem Mantel. Diese Beschreibung passt exakt auf den Majordomus, der mit seinen 1,80 Metern damals zu den ganz großen Männern gehörte."

„Ach, das ist ´ne Legende, Aberglaube, Altweibergeschwätz", wiegelt Jirka ab, als er meine nachdenkliche Miene sieht.

„Das mag ja sein", antwortet Michael. „Das Seltsame ist aber, dass auch mir der Mann in den vergangenen neun Jahren schon dreimal nachts während meiner Kontrollgänge begegnet ist und dass Mirek nicht der einzige ahnungslose Wanderer ist, der Ähnliches erzählt."

„Vorletztes Jahr haben ihn in einer Nacht sogar zwei Turmgäste gleichzeitig gesehen", ergänzt Ivana seine Aussage. Es wird still im Raum. Wir trinken unseren Kaffee aus, bedanken uns für das Nachtasyl und die nette Bewirtung.

„Jungs, ich steige nochmal in den Turm. Alleine", verkünde ich meinen überraschten Begleitern. „Vielleicht kommt er auch am Tag zu mir, und ich werde auch bestimmt nicht schreien." In der Hoffnung, dass der Ermordete eine Botschaft für mich haben könnte, erklimme ich die hohen Stufen des schwarzen Turms. Mit geschlossenen Augen verharre ich mehrere Minuten zwischen den modrigen Wänden. Vergebens, ich bekomme keine zweite Chance.

War doch klar, es gibt schließlich keine Gespenster! Oder?

Mit Phobien unterwegs

Es ist möglich, dass ich im Vorwort bereits angedeutet habe, dass die Wanderungen mit Radek nicht immer einfach verlaufen. Trotz seiner starken Persönlichkeit und noch stärkeren Muskeln hat Radek nämlich viele Komplexe und vor allem viele Phobien. Da wäre zum Beispiel seine Angst vor Hunden. Selbst vor den ganz kleinen, wo man eher aufpassen muss, nicht unabsichtlich drauf zu treten. Dann wäre da noch die Angst vor größeren Menschenansammlungen, also alles oberhalb der Zahl Fünf, und nicht zuletzt die Angst vor Geistern.

3. August, 9:00 Uhr

Treffpunkt Ticketkassen am Brünner Bahnhof. Ich bin ziemlich pünktlich, Jirka ist schon da, und Pavel trudelt binnen einer Viertelstunde ein. Wer nach einer halben Stunde immer noch fehlt, ist Radek. Ein Anruf bei seiner Mutter, bei der er mit seinen 29 Jahren immer noch lebt, verschafft uns Gewissheit: Radek hat´s vergessen. Besser gesagt, die Mama hat uns mitgeteilt, dass ihr Radek noch schläft. Sie würde ihn wecken, und wir sollen in zehn Minuten nochmal anrufen.

Ich gebe den Status Quo an die beiden anderen weiter, um zu klären, ob wir überhaupt noch einmal anrufen sollen, oder ob wir heuer einfach auf Radeks Anwesenheit verzichten.

„Wenn er bis Mittag in Brünn ankommt, ist es gut. Sonst kann er uns mal!", spricht Jirka aus, was wir alle ungefähr denken.

Ich hole Kleingeld raus und laufe wieder zur Telefonzelle:

„Hallo?", fragt eine beleidigte Stimme auf der anderen Seite.

„Hi Radek, wieso bist du nicht in Brünn? Wir warten alle auf dich", bin ich noch freundlich.

„Warum habt ihr mich nicht gestern per Telefon erinnert? Wer soll sich das alles merken!", faucht Radek.

„Also, jetzt tue ich, als ob ich das nicht gehört hätte und werde es somit auch den Jungs nicht weitererzählen, o.k.? Dir bleiben etwas mehr als zwei Stunden, um in voller Montur hier auf dem Bahnhof zu erscheinen! Wenn du es nicht schaffen kannst oder willst sag gleich Bescheid, und wir hauen ab", koche ich vor Wut.

„O.k., o.k., das schaffe ich ... irgendwie. Wartet auf mich, sonst poliere ich euch gleich eure hässlichen Fressen!", wird Radek ganz umgänglich.

Statt über das Ergebnis des Gesprächs denke ich lieber über Radeks Kausalitätsverständnis nach: Wie will er uns die Fressen polieren, wenn wir nicht mehr da sind?

Wir setzen uns inzwischen ins Bahnhofsrestaurant und schmieden Reisepläne. Unser Ziel ist ein kleines, nicht besonders überlaufenes Mittelgebirge in der Slowakei. Die Zugfahrt dorthin dauert mindestens drei Stunden. Ein Zug fährt um halb zwölf ab, der nächste erst um vier. Wenn wir den nehmen, werden wir nach unserer Ankunft nicht viel Zeit haben, in den Hügeln außerhalb der Zivilisation nach einer geeigneten Schlafstätte zu suchen.

Natürlich kommt Radek erst um halb eins und freut sich wie ein Kind, dass wir noch da sind.

Im Zug durch die Tschechei zu reisen, kann durchaus monoton sein. Nicht aber, wenn man die slowakische Grenze im Bummelzug überquert. Die für sechs Passagiere vorgesehenen Zugabteile sind dann im Nu mit zehn oder noch mehr Fahrgästen belegt: mit Großfamilien, mit Pendlern aus Polen, Ungarn und aus der Ukraine. Manche sind bereits angetrunken vor Freude, dass sie endlich nach Hause fahren, manche treiben Tauschgeschäfte untereinander. Auch viele Dorfbewohner sind im Zug, die zu irgendwelchen Märkten fahren und tatsächlich lebendige Tiere im Gepäck haben.

Wir, die kleine Wandergruppe aus Tschechien, schämen uns beinahe für unsere Langweiligkeit. Auf jeden Fall vergessen wir diese skurrilen Eindrücke wohl nicht so schnell. In Zilina kommen wir mit einer Stunde Verspätung an und machen uns sofort auf dem kürzesten Weg in Richtung Berge. Langsam wird es dunkel, und wir müssen noch einen Platz zum Schlafen suchen. Wir finden ihn in einer schmalen Straße. Ein paar Bäume, eine lange Mauer um einen Park, davor ein begrünter Platz, auf dem wir die Schlafsäcke ausrollen. Alles passt! Fast alles, denn als wir unser Lager aufgeschlagen haben, merken wir, dass keiner daran gedacht hat, am Bahnhof Wasser zu tanken. Pavel präsentiert die Lösung, als er vom Pieseln zurückkommt: „Neben dem Parktor ist ein Wasserhahn."

„Super! Ich verdurste gleich!", schreit Radek und verschwindet mit seiner Flasche in der Dämmerung. „Hey, Jungs, kommt jemand mit? Es ist hier ziemlich dunkel."

„Lieber nicht, vielleicht spukt es im Park", antworte ich, folge ihm aber dennoch. Wir füllen unsere Flaschen, und Radek setzt gleich zum Trinken an.

„Ah, schau her, das ist gar kein Park, das ist der städtische Friedhof", melde ich meine Entdeckung.

„Was?!?", schreit Radek und spuckt das Wasser wieder aus. „Ich trinke Leichenwasser?!? Pfui!"

Tja, so ist Radek.

Wir legen uns zum Schlafen hin. Die meisten haben die Zähne geputzt, Radek selbstverständlich nicht. Mit „Leichenwasser" ausspülen? Niemals!

Ich glaube nicht, dass ich eine fiese Ratte bin. Ich finde nur, dass Radek für seine Verspätung und für seine Arroganz durchaus eine kleine Strafe verdient hat. Also stichle ich: „Toll, an einer echten Friedhofsmauer haben wir noch nie genächtigt. Vielleicht wird es sogar spuken."

„Lass das, Mirek, sonst bringe ich dich auf der Stelle um!", schreit Radek in die Nacht.

„Kennt ihr den, wo das kleine Mädchen nachts ängstlich an einer Friedhofsmauer entlanggeht...", greift Pavel meine Anregung auf.

„Ich will´s nicht hören!!!", jammert Radek laut.

Wir geben lieber Ruhe, denn Radek kann wirklich Schläge austeilen. Außerdem halte ich es schon jetzt für ziemlich unwahrscheinlich, dass Radek gut schlafen wird.

Wie Recht ich damit habe, zeigt sich nach einer knappen Viertelstunde. So lange war alles still und friedlich, doch nun ertönt von der anderen Seite der Mauer lautes Gejaule. Sofort sind wir alle wieder wach. Klar, es sind nur zwei Katzen im Streit, sonst nix.

„Ich glaube nicht, dass das Katzen waren", durchbricht Jirka die Stille. „Diese Laute klangen nicht tierisch, sondern irgendwie mystisch – wie aus einem Grab."

„Lass den Scheiß!", befiehlt der verängstigte Radek.

Ich würde mich zu gern an Radeks Verarschung beteiligen, aber ich bin einfach viel zu müde dazu.

Mit der Anweisung „Steh auf und tausch sofort den Platz mit mir! Ich will auf keinen Fall ganz außen liegen, wenn uns etwas angreifen sollte!", rüttelt Radek mich endgültig wach. Dabei war ich diesmal gar nicht der Böse. Trotzdem tausche ich mürrisch den Platz mit ihm, sodass er auf die zweite Stelle unserer Aufreihung rückt. Hoffentlich wird er nun endlich ruhig.

„Ich habe in einem B-Movie gesehen, dass die Untoten, also Zombies, stets die Köpfe angreifen. So gesehen ist es ziemlich egal, wo du liegst, Radek", provoziert Pavel, der Blödian.

„Wenn mir was passiert, dann seid ihr Schuld, und dann mache ich Kleinholz aus euch, klar?", droht Radek, da nicke ich aber bereits ein.

Schon eine Stunde später wache ich leider wieder auf, weil ich vergessen habe, vor dem Schlafengehen meine Blase zu leeren. Während ich mich aus dem Schlafsack schäle, höre ich von rechts: „Was machst du?!?"

„Ich muss pinkeln gehen", beruhige ich Radek.

„Bleib da! Ich will nicht am Rand liegen."

„Radek, das ist nicht konstruktiv. Ich muss halt mal!",
kläre ich ihn auf und verschwinde in der Nacht. Beim
Pieseln wird mir klar, dass Radek diese Nacht auf dem
Friedhof wohl nie vergessen wird. Ich kehre zurück,
Radek beruhigt sich ein wenig, es darf wieder ge-
schlafen werden. Aber nicht lange.

„Da kommt ´ne Stimme vom Friedhof, hört ihr
das?!?", zischt Radek. Ja, er hat Recht. Irgendein Be-
trunkener kürzt seinen Heimweg wohl über den
Friedhof ab.

„Hier können wir unmöglich bleiben!", beschließt
Radek demokratisch und fängt an, seinen Schlafsack
zusammenzurollen. „Aufstehen! Wir hauen ab!"

„Nein Radek, wir können doch nicht jetzt in der Nacht
nach was Neuem suchen", probiert es Pavel mit einem
durchaus vernünftigen Argument.

„Ja, schließlich leben hier in den Wäldern auch Wölfe", schließt sich Jirka an.

„Was? Wölfe!?! Warum habt ihr mir das nicht schon
gestern Abend gesagt, ihr, ihr Schweine!?!?!"

Mit diesen Worten verschwindet Radek endgültig.
Erst als der Morgen dämmert, starten wir endlich in
den verdienten Restschlaf.

Als wir wieder aufwachen, fehlt von Radek jede Spur.
„Er ist bestimmt zum Bahnhof zurück und sitzt viel-

leicht jetzt gerade im Zug nach Hause", vermute ich – behalte diesmal aber nicht Recht. Gerade als wir unsere Schlafsäcke einpacken, biegt Radek wieder um die Ecke.

„Wo warst du?", zeigt Vladja sich interessiert.

„Ich habe bequem in einem Hotel übernachtet", strahlt Radek siegessicher.

„DU hast Geld für ein Hotel ausgegeben?!?", frage ich schockiert.

„Natürlich nicht, ich habe mich heute früh rausgeschlichen, ohne zu bezahlen", brüstet sich Radek weiter.

„Hö?!? Musstest du dich gestern nicht ausweisen?", wundert sich Vladja.

„Wie meinst du das?", stottert Radek.

„Ob du keinen Ausweis hinterlegen musstest!", stelle ich klar.

„Doch, das habe ich … Oh Sch…!"

Bei Radeks Anblick vergessen wir auf der Stelle den Ärger, den er uns gestern und vor allem in der vergangenen Nacht bereitet hat, und lachen den verzweifelten Freund herzhaft aus.

Im Minenfeld braucht man kein GPS

Jirka ist in seinem bisherigen Leben nicht ausgeprägt erfolgreich gewesen. Weder beim weiblichen Geschlecht noch beim Sport oder im Berufsleben. Deswegen überlassen wir ihm auf unseren Wanderungen meistens die Rolle des Koordinators und Kommandeurs. Das hat weniger mit Großzügigkeit oder Mitgefühl zu tun als mit unserer Faulheit. Für uns ist der Weg das Ziel, um es philosophisch zu untermauern.

Jirka plant oft schon Monate im Voraus, wo wir starten, wohin es geht, welche Sehenswürdigkeiten wir ansteuern und wo wir nachts das Lager aufschlagen. Er ist aber auch extrem sparsam und erwirbt seine Wanderkarten am liebsten auf Flohmärkten, im Antiquariat oder bei Ebay. Kurzum dort, wo man für die Krone noch viel bekommt – vor allem Antiquarisches.

Heuer legt uns Jirka eine echte Rarität vor: eine fast schon antike Karte vom Riesengebirge. Das Schätzchen ist immerhin nicht in Schwarz-Weiß, sondern in Farbe gedruckt und mit zahlreichen handschriftlichen Bemerkungen des Vorbesitzers versehen. Eine dieser Randnotizen lässt darauf schließen, dass diese Karte mindestens 60 Jahre alt ist. Wir staunen nicht schlecht. Ob die darin verzeichneten Wanderwege überhaupt noch existieren? Haben die Militärkartografen während des Kalten Kriegs nicht vielleicht absichtlich falsche Entfernungen angegeben? Und stehen nach so langer Zeit die Berge eigentlich noch alle an ihrem Platz?

„Zeig mal her!", übernehme ich die Karte: „Ich bin hier geboren, mal sehen, ob zumindest das Wichtigste stimmt... Hhm, die Schneekoppe ist eingezeichnet. Die Seilbahn zwar noch nicht, aber das ist zweitrangig. Der Elbursprung ist hier, die Spindlermühle ist auch da. Ich glaube, es weicht nicht allzu sehr von der Realität ab."

Unsere erste Etappe misst knappe neun Kilometer und führt über einen langen, größtenteils bewaldeten Bergrücken bis in das Dorf, in dem wir übernachten wollen. Wir folgen dem in Jirkas Karte eingezeichneten Weg, alles scheint tadellos zu funktionieren. Was mich ein wenig stutzig macht, ist der Umstand, dass wir eigentlich gleich hinter der stillgelegten Bushaltestelle einen Bergbach überqueren sollten. Aber vielleicht habe ich ja die Markierung falsch interpretiert und es handelt sich gar nicht um einen Bergbach, sondern um eine eingezeichnete Fluchtroute der Wehrmacht. Ich sage daher lieber nichts, sonst blamiere ich mich noch.

Es ist kurz nach Mittag, die Sonne scheint, und sogar hier in den Bergen ist es schön warm. Da wir uns ein ganzes Jahr nicht gesehen haben, haben wir einiges zu bequatschen und bemerken gar nicht, wie die Zeit verfliegt. Plötzlich bleibt Jirka stehen und dreht die Karte in seinen Händen: „Komisch, hier biegt der Weg wieder in den Wald ab, aber laut Karte müsste er geradeaus weiterführen."

Wir versammeln uns um Jirka und stecken die Köpfe in die Karte.

„Also, ich würde dem echten Weg folgen. Schaut, da auf dem Baum ist unsere Farbmarkierung", unterbreche ich die Kartendiskussion.

„Nein, hier im Gebüsch sieht man, dass dort früher mal ein Weg war. Wir gehen hier durch, das ist die kürzere Route", bleibt Jirka seiner Karte treu.

„Mir ist es egal", meint Pavel: „Ich will bloß schnell ankommen, ich hab nämlich Kohldampf."

„O.k., Jirka, pack deine Machete aus, und mach uns den Weg frei!", scherze ich unbesorgt, da wir maximal noch zwei Kilometer zurückzulegen haben. Nach einigen hundert Metern merken wir tatsächlich, dass hier irgendwann im letzten Jahrtausend einmal ein Pfad war.

Momentan machen die Brennnesseln, die unsere nackten Waden manchmal streicheln, den Weg … sagen wir mal: interessant. Und mit jedem Meter wird er noch interessanter. Nach einer Weile ist der Pfad nicht einmal mehr zu erahnen, stattdessen werden die Brennnesseln undurchdringlich und sehr anschmiegsam.

„Deine antiken Karten! Nie mehr wieder, auuua! Auf der nächsten Berghütte kaufen wir eine neue!", kündigt Pavel an.

Pavel und ich fluchen laut, da wir keine langen Hosen dabei haben. Jirka versucht, uns zu besänftigen: „Haltet durch, nur noch – aua – einen halben Kilometer. Und das Brennnesselfeld muss ja auch irgendwo – auuua, verdammt! – ein Ende haben."

Mit dem halben Kilometer soll Jirka Recht behalten, aber das Brennnesselfeld findet sein Ende erst am Dorfrand. Unsere Beine sind mit weißen Pusteln übersät, jucken wie Teufel, und selbst an den Händen müssen wir uns ständig kratzen, denn die Brennnesseln standen stellenweise enorm hoch. Angesichts dieser Strapazen freuen Pavel und ich uns umso mehr über die Pein, die sich Jirka selbst zugefügt hat: Eine Brennnessel fand den Weg unter seine Boxershorts und hat dort sein Kleinod innig umarmt. Nun sitzen wir einträchtig am Rand des Dorfbrunnens und kühlen unsere Extremitäten im Wasser.

„Jetzt gehen wir was essen, und Jirka bezahlt das Bier!", beschließe ich, und die Mehrheit – also Pavel und ich– nimmt meinen Antrag an. Nach einem Schnitzel und zwei Bierchen sind die Brennnesselblessuren zwar noch nicht verschwunden, jucken aber dank der hochwertigen Hopfenmedizin bei weitem nicht mehr so stark wie vorher. Jirka beugt sich wieder über seine Karte und entwirft eine neue Route: „Wenn wir durch das Tal laufen, kommen wir in nur zwei Stunden bis zur Felsenstadt."

„Das klingt gut. Aber diesmal folgen wir lieber den existierenden Pfaden statt den historischen, gell Jirka?", stichle ich und freue mich auf das beliebte Ausflugs-ziel, das für seine bizarren Felsformationen bekannt ist. Optimistisch machen wir uns auf den Weg, und nach einer halben Stunde scheint Jirkas Karte noch immer mit der Realität übereinzustimmen. Der Weg schlängelt sich um einen Hügel herum, führt manch-mal aufwärts und dann wieder bergab.

„Du, Jirka, irgendwie kommt mir dieser Wegabschnitt bekannt vor. Könnte es sein, dass wir hier vor einer halben Stunde schon mal vorbeigekommen sind?", meldet Pavel plötzlich berechtigte Zweifel an, denn auch mir kommt die Aussicht durch die jungen Birken hindurch verdächtig bekannt vor.

„Nein, wir gehen richtig!", beruhigt uns Jirka.

„Tja, hier im Gras liegt der Rest von meinem Apfel, den ich vorhin weggeworfen habe", konstatiere ich. „Entweder sind wir in einer Zeit-Raum-Schleife ge-landet, oder die deutlich unwahrscheinlichere Mög-lichkeit ist eingetroffen: Wir haben uns verlaufen."

Wir bleiben stehen und studieren die Karte: „Schau Jirka, hier, vor ungefähr 300 Metern hätten wir dem schmalen Pfad folgen sollen. Der führt in die Felsen-stadt", lautet meine Lösung.

„Ich habe keinen Pfad gesehen?!", widerspricht Jirka genervt. Wir drehen um und fangen an, den besagten Weg zu suchen. Und tatsächlich finden wir schon bald eine Abzweigung, die auf den ersten Blick wie eine

Holzablagestelle aussieht, aber nach nur 30 oder 40 Metern als ewig nicht mehr benutzter Holzfällerpfad zu erkennen ist. Begeistert laufen wir darauf weiter. Wir passieren alte Bäume, deren Äste bis zum Boden hängen und den Weg verbergen, wir klettern über querliegende Baumstämme und kreuzen wiederholt einen Bergbach, der sich mal links, mal rechts am Pfad entlang schlängelt. Das ist endlich mal keine Touri-Autobahn für Warmduscher, sondern ein angemessener Weg für echte Abenteurer wie uns. Jirka ist glücklich, dass wir seine Karte endlich zu schätzen wissen und freut sich über unser Lob.

Leider wird die Strecke mit der Zeit immer unwegsamer. Je näher wir der Felsenstadt kommen, desto mehr Steinblöcke stellen sich uns in den Weg. Aber das gehört eben zu einem echten Abenteuer dazu, der Weg ist ja das Ziel. Hauptsache keine Brennnesseln!

Ohne es richtig bemerkt zu haben, haben wir die Felsenstadt längst erreicht. Die Stille ist mittlerweile dem fröhlichen Lärm gewichen, der von größeren Reisegruppen ausgeht. Plötzlich stehen wir einem Touristenführer gegenüber, der uns leicht verwundert fragt, woher wir kommen und warum kein offizieller Begleiter bei uns ist.

„Wir brauchen keinen, wir haben doch unsere Karte", verpetzt uns Pavel.

Der Ranger greift neugierig nach der Karte und starrt ungläubig darauf: „Es gibt doch außer dem überwachten Eingang gar keinen Weg in die Felsenstadt hinein! Habt ihr euch etwa abgeseilt?"

„Sehen wir wie Bergsteiger aus?", witzele ich.

Wir nehmen dem verdatterten Mann die Karte wieder weg und suchen schnell das Weite. Nicht, dass er noch auf die Idee kommt, uns Eintrittsgeld abzuknöpfen! Anschließend durchstreifen wir die Felsenstadt in allen Richtungen, schießen jede Menge Erinnerungsfotos und spendieren Jirka ein Bier für seine perfekte Planung.

„Von wegen alte und ungültige Karten. Für unsere nächstjährige Wanderung im Böhmerwald habe ich eine besonders tolle", tut Jirka euphorisch kund. „Da sind noch Grenzpfade drauf, die lange vor der Verminung durch die Kommunisten markiert wurden."

Sich nach Jirkas Karten zu orientieren, heißt oft,
auf Unerwartetes zu stoßen.

Strafe und Scheiße kommen meistens von oben

Es ist wie jeden Morgen: 75 Prozent unserer kleinen Reisegruppe haben ihre Morgentoilette erledigt, die Rucksäcke fertig gepackt und warten. Auf wen? Natürlich auf die restlichen 25 Prozent – auf Pavel. Obwohl er gleichzeitig mit uns aufgestanden ist, ist er noch halb nackt und putzt sich am vorbeifließenden Bach die Zähne.

Wir drei sind ungeduldig, kaffeedurstig und wollen uns auf die Suche nach einem Kiosk machen. Während der Groll in mir aufsteigt, fällt mir am Wegrand ein dicker Stein auf. Kurzerhand hebe ich ihn auf und stecke ihn ganz unten in Pavels Rucksack. Mit satten fünf Kilogramm mehr im Gepäck wird er wenigstens einen guten Grund haben, der Langsamste zu sein.

„Oh nein, jetzt wird er garantiert noch lahmer, und wir müssen noch länger auf ihn warten", prophezeit Vladja.

Pavel kommt zurück und wirkt ein wenig erleichtert, dass wir heute so geduldig mit ihm sind. Er sammelt bedächtig seine Dreckwäsche ein, steckt sie in seinen Rucksack und packt seinen Waschbeutel obendrauf. Danach schließt er sorgfältig alle Schnallen, kontrolliert in aller Seelenruhe noch einmal alle Reißverschlüsse – und setzt den Rucksack endlich auf. Auf dem Weg ins nächste Dorf bleibt er fünf bis zehn Meter hinter uns zurück. Eigentlich ist also alles wie immer. Nach einer Viertelstunde hat sich der Abstand aber schon auf 20 Meter vergrößert.

„Wir sollten auf ihn warten", schlage ich vor, und wir gehen langsamer. Als Pavel uns einholt, erwähne ich nebenbei: „Irgendwie fühlt sich mein Rucksack heute schwerer an als gestern; fast so, als ob ich Steine drin hätte."

„Ich merk nix", antwortet Jirka, „und du, Pavel?"

„Schwer zu sagen. Ich habe heute Nacht schlecht geschlafen, und mir tut alles weh, vor allem mein Rücken", antwortet der leicht erschöpft wirkende Pavel und wackelt an uns vorbei. Natürlich überholen wir ihn gleich wieder und vergrößern die Distanz mit jedem Schritt. Es dauert nicht lange, und Pavel jammert von hinten: „Wartet auf mich, ich kann nicht mehr!"

Wir warten und diskutieren flüsternd, ob wir ihn von seinem Wackerstein befreien sollen. Der Arme ist inzwischen völlig durchgeschwitzt: „Keine Ahnung, was mit mir los ist. Meine Beine können nimmer, und mein Rücken bringt mich schier um."

„Vielleicht solltest du dein Zeug im Rucksack anders einräumen. Die weichen Sachen an den Rücken und die harten nach außen", rate ich ihm wohlwollend.

„Gute Idee", schnauft Pavel und macht sich an seinem Gepäck zu schaffen. Jetzt wird es eng für mich. „Ich glaube, ich gehe dann schon mal vor", lasse ich die anderen eilig wissen. Gerade noch rechtzeitig, denn kaum bin ich 100 Meter entfernt, erhebt sich hinter mir empörtes Geschrei: „No warte, du Blödmann, du Hurensohn, duuu …!"

Ich warte lieber nicht. Stattdessen steuere ich im Eiltempo das in Sichtweite liegende Dorf an, wo ich auf Anhieb eine Kneipe finde. Sie hat geöffnet, und eine schattige Terrasse gibt es auch. Der Wirt freut sich über den ersten Gast des Tages und lässt sich seine Verwunderung kaum anmerken, als ich vier Bier und vier Kaffee bestelle. Gerade als die Jungs vom immer noch wutschnaubenden Pavel angeführt die Terrasse betreten, bringt er die schön gekühlten Getränke.

„Schau dir den tollen Schaum auf dem eiskalten Bier an, es wurde extra für dich gezapft", versuche ich hastig, Pavel von seinen Rachegedanken abzulenken.

„Her damit! Aber erinnere mich bloß daran, dich anschließend umzubringen!", warnt mich Pavel.

Wir sitzen aufgekratzt vor einem opulenten Frühstück – genauso wie wir es lieben. Die Sonne kitzelt mich in der Nase, und ich ziehe ein Taschentuch aus der Hosentasche. Dabei kullert eine tschechische Krone heraus und verschwindet zwischen zwei Holzbohlen unter der aufgeständerten Terrasse. Eine Krone ist etwa fünf Eurocent wert, der Verlust also unschwer zu verschmerzen.

Jirka wird nervös: „Wirst du sie dir nicht zurückholen?"

„Wie denn, soll ich vielleicht unter die Terrasse krabbeln?", wundere ich mich über Jirkas Frage.

„Ich darf sie also behalten, wenn ich sie raushole?"

„Wenn´s dich glücklich macht."

Jirka erhebt sich tatsächlich vom Tisch, zwängt sich unter das Gebälk und robbt bis unter unseren Tisch.

„Ich hab sie", meldet er hochzufrieden und kriecht rückwärts wieder heraus.

Sobald sein Kopf wieder erscheint, fluche ich: „Mist, mir ist noch eine runtergefallen."

Jirka macht wortlos und prompt kehrt. Die anderen schmunzeln. Bevor Jirka sich wieder zu uns setzen kann, öffnet Vladja sein Portemonnaie und versenkt klimpernd gleich mehrere Münzen zwischen den Bohlen. „Uuuuups, das waren bestimmt mehr als zwei Kronen. Kannst du sie mir bitte wieder holen? Ich mache dann auch halbe-halbe mit dir."

Jirka beißt sich auf die Unterlippe: „No gut, weil du es bist." Der Wirt hat die Szene beobachtet und macht Jirka ein verlockendes Angebot: „Ich gebe dir eine Krone für jedes Besteckstück, das du mir da rausholst!"

Jetzt ist Jirka beschäftigt. Es dauert eine gefühlte Ewigkeit, bis er jeden Winkel und jede Ritze unter der Terrasse durchsucht hat. Als er wieder auftaucht, hat er Spinnweben im Haar, ein Kaugummi klebt auf seinem Knie, eine Zigarettenkippe hat es sich in seiner Hemdtasche gemütlich gemacht, und er wirkt gereizt. Aber nur so lange, bis er die Belohnung für das eingesammelte Besteck kassiert hat. Er wiegt das Geld in der Hand und strahlt.

Das zufriedene Lächeln trägt er nach 10 Kilometern Fußmarsch noch immer im Gesicht. Übrigens ist auch die Zornesfalte auf Pavels Stirn gewichen, da ich als Buße für meinen morgendlichen Streich sein schweres Zelt geschultert habe.

Während wir unentwegt über Jirkas Verrenkungen im „Underground" lachen, nehmen wir Kurs auf eine gotische Burg aus dem 14. Jahrhundert, die unsere Kulturbeauftragten Pavel und Jirka aufs Programm gesetzt haben – für sie gehört zu einem perfekten Wandertag nämlich unbedingt ein Abstecher zu einem Schloss, einer alten Kirche oder wenigstens in ein Heimatmuseum.

An der Burg angekommen, sind die beiden jedoch ein wenig enttäuscht, denn das imposante mittelalterliche Gemäuer ist rundherum und von unten bis zum höchsten Turm eingerüstet und „wegen Bauarbeiten geschlossen", wie ein handgeschriebenes Schild wissen lässt.

Ein wenig ratlos umrunden wir die Burg auf der Suche nach einem einigermaßen akzeptablen Fotomotiv. Vergeblich.

„Jungs, wer schafft es als Erster, über das Baugerüst auf die Burgmauer zu klettern?" Eigentlich wollte ich das gar nicht vorschlagen, es kam von ganz allein aus meinem Mund. Meine Freunde – der höhenungeeignete Pavel ausgenommen – lassen sich nicht zweimal bitten, sondern auf der Stelle ihre Rucksäcke fallen und klettern um die Wette. Ich bin längst nicht so sportlich wie Jirka und Vladja, deshalb wundere ich mich sehr, dass ich auf halber Höhe einen respektablen Vorsprung habe. Noch wenige Meter, und ich werde der Sieger sein!!!

„Platsch!", macht es vernehmlich, gerade als ich mit der rechten Hand über dem Kopf nach der nächsten Eisenstange greife. Es fühlt sich matschig an.

„Platsch!", höre ich und spüre zum zweiten Mal etwas Weiches zwischen meinen Fingern. Starr vor Ekel nehme ich wahr, in was ich da mit beiden Händen gegriffen habe: Irgendein Bauarbeiter war wohl zu bequem gewesen, zur Verrichtung persönlicher Geschäfte nach unten zu steigen, und ich Unglücksrabe habe seinen dabei entstandenen Verdauungsweg gekreuzt.

„Scheiße!", fluche ich und versuche, meine Hände notdürftig an den Eisenstangen des Baugerüstes abzureiben. „Stimmt", lachen Jirka und Vladja, die sich an meinem Missgeschick weiden.

Mein Interesse für das historische Gebäude schwindet auf der Stelle gänzlich, und ich klettere wieder zu

Pavel hinunter. Natürlich stoße ich auch bei ihm nicht auf das erhoffte Mitgefühl. Schadenfroh beobachtet er meine verzweifelten Versuche, die Hände mit Hilfe von Gras und Wasser aus meiner Trinkflasche zu säubern und kommentiert herzlos: „Erst hast du mich verarscht, und dann hast du Jirka drangsaliert. Da bleibt eben die Strafe von ganz oben nicht aus."

So viel Bosheit?!? Gar kein Mitgefühl?!? No wartet nur! Eines Tages schreibe ich ein Buch über unsere Wanderungen und dann lache ICH wieder!

Wieso ich?!? Wieso passiert sowas gerade mir,
dem Nettesten von uns allen?

Quellennachweis

Ich bedanke mich bei meinen Freunden, die mir erlaubt haben, unsere gemeinsam erlebten Geschichten zu Papier zu bringen.

Die Rechte für alle verwendeten Bilder liegen bei mir (Miroslav Kolar).

Auch bei diesem Werk möchte ich mich gesondert bei meiner Lektorin Sabine Schmitt für ihre Unterstützung und vor allem für ihre Geduld bedanken, die sie für meine Texte aufbringen musste.

Bis auf Wiederlesen, Ihr Mirek Kolar